百鬼夜行
百鬼夜行 卷5
座敷童子
笭菁 著

百鬼夜行—卷5—座敷童子

（※本故事內容純屬虛構，如有雷同，純屬巧合。）

目次

楔子

炎炎夏日，男人揮汗如雨下，皺著眉想用手上的公事包擋住陽光，有些煩燥的左顧右盼，再低頭看著手裡的手機；身後跟著一個女人，女人手裡牽著一個小男孩，男孩渴望般的看著左手邊一整片草地與公園。

邊鞦韆上的孩子嘻笑聲傳來，這一家三口走在公園小徑內，不遠處溜滑梯上的孩子們爭先恐後，男孩多想鬆開母親的手，也奔過去一起玩。

但他不敢，感受著媽媽牽著他的手也在冒汗，好熱好渴。

在酷暑的正中午，居然有一家人坐在草地上野餐，看那溫馨的一家三口，安逸的坐在野餐墊上，男人佩服起他們的耐熱程度了；循著地圖還是找不到方向，不如問人比較快。

高亦豐快步走到前方，彎著身，瞧見這對夫妻居然還能閉目養神似的睡著，他真的覺得太厲害了！他衣服都已經濕透了耶！而枕在媽媽膝上的女孩則笑得幸福，像是在哼著歌似的。

「那個……抱歉。」他出了聲。

嗯？女孩抬頭，好奇的看著站在走道上的男人，但是她的父母毫無動靜。

「嘿！不好意思！」高亦豐放大了音量，「打擾一下！」

後面這四個字像是用吼的，小女孩立即坐直身子，而父母也像嚇到似的顫了身子，倏而睜開雙眼。

「咦？我……」父親一臉迷惑，張望著四周，朝左看見妻子時，還哇了一聲，「哇啊！我、我……對不起對不起！」

「咦！呀——」妻子也尖叫般的向後倒，全靠一隻手在後頭撐著地墊，也是一臉驚恐的看著丈夫，「爲什麼？這是……」

她看起來嚇得不輕，連連挪著屁股後退遠離丈夫就算了，甚至急急忙忙的想要爬起來。

「我、我也不知道！」父親焦急的喊著。

接著女人慌亂的起身，她恐懼的踩上草地，急忙的跑上小徑，就這麼扔下孩子與丈夫，在眾人面前奔離了。

小女孩坐在野餐墊上，目送著母親離去時，眼神帶著幾分失落。

「抱歉，我不是故意打擾你們的。」高亦豐滿懷歉意的開口，他其實搞不清楚發生什麼事。

「啊……沒有，我自己也有點搞不清楚！」父親終於站起來，皺著眉掏出手機查看著，「兩點了？」

「是，剛過兩點！不好意思，我們是眞的找不到路，所以才想問一下。」高亦豐抓緊機會趕緊問，「我想問錦仙大樓在哪裡？」

只見父親一頓，用一種既狐疑又驚異的眼神看向他，「錦仙大樓啊……」

「對，這個地址。」高亦豐趕緊把手機遞上去。

父親看了看地址，默默點點頭，朝他們指向前方十點鐘方向，「你們從這個方向穿出去，就可以看見錦仙大樓了，那就一個社區。」

高亦豐喜出望外的道謝，「謝謝！謝謝啊！」

「不會……你們——」他看著男人，再看著離他數十公分遠的妻小，欲言又止，「沒事！好，沒事。」

說著，他也匆匆的奔離，邊跑還邊唸著：怎麼會這麼晚了？

「謝謝喔！」高亦豐再三對著奔走的父親喊著，他身後還跟著那個追上去的小女兒。

潘瓊雯皺起眉看著努力跑在後面的小女孩，心裡有些不快，因爲那女孩的腳一看就知道不太方便啊！不知道是受傷還是有什麼病症，走路一拐一拐的，身爲父親居然沒有等孩子，還一個人走得這麼快？

「這對夫妻也太奇怪了，就這樣扔下女兒？有什麼事這麼急嗎？」潘瓊雯走上前，「而且那個媽媽在離開時，居然完全沒管孩子耶！」

「欸！」高亦豐出聲阻止，「別人家的事別管那麼多！走吧，至少找到地方了。」高亦豐循著小徑左拐而去，潘瓊雯扯著嘴角繼續絮絮叨叨，她眞的覺得剛剛那一家三口有問題，會這麼對待孩子的，都不是好東西。

被牽著的小男孩越過媽媽，看向被遺留在草坪上的野餐墊，一陣風颳過，便將那野餐墊整個捲走！啊……男孩焦急的回頭，看著那被風吹走的墊子被捲到半空中，但他沒敢鬆手去追。

風太大了，墊子一轉眼就消失，男孩有點惋惜的啊了聲，才發現剛剛坐在長椅上的老爺爺也已經離開了。

媽媽拽著他急急跟著爸爸往前走，他們正在找房子，因爲爸爸媽媽又想要搬家了，希望能住進一個又大又寬敞的新家，也希望他可以更開心。

但是，他一點兒都不想要去新的地方啊！

他想要的，爸爸媽媽永遠都不會懂。

第一章
新居

「這裡採光眞的很棒，每一個房間都採光良好！沒有一處陰暗角落！」
房仲先生滿口讚美，帶著夫妻倆在房子裡逛著。
他們遲到了半小時，對房仲先生非常抱歉，但對方還是很積極且熱情的款待，看來房子並不好賣哪！
「你說六百萬嗎？」高亦豐開了口，「這爲什麼會這麼便宜呢？三十坪的屋子啊！」
「就因爲屋主只是想脫手，他們沒住在國內了。」房仲一邊說，一邊拿起電話，「不好意思，等我一下。」
接起電話，房仲匆匆的走到屋外去講電話，小夫妻開始討論起來了。
「三十坪六百萬，屋子又這麼新，會不會有問題啊？」潘瓊雯提出了疑慮，「應該要查一下是不是凶宅！」
「不會吧……我們來之前我查過了，不是啊！」老公倒是喜出望外，「但我也覺得不要急，我們再觀察一下，說不定有什麼管線問題，才會賣這麼便宜！」
潘瓊雯點點頭，否則這年頭、這個地點、這種坪數、這種價格，怎樣想都有問題！誰會想賠本賣啊？
在屋裡亂晃的男孩看見門口探出一個人影，好奇的往外又走了幾步。

「小樊！不要亂跑喔！」潘瓊雯雙目如鷹眼，立即發現他要出門，「回來！不可以跑出……喂！妳是誰？」

餘音未落，她瞧見進屋的人，嚇得趕緊衝上前去，一把拉過了男孩。

高亦豐聞言也上前，緊張的防備著看來者何人！其實只是一個中年女人，一臉戒慎恐懼的左顧右盼，似乎在留意房仲的動作。

「我住隔壁的隔壁。」女人直接進了屋，「你們來看房喔？租還是買？」

呃……高亦豐對這突然來的鄰居有點錯愕，尷尬的回應，「價格合理的話，是想買啦！」

「我勸你都不要想，再便宜都不要。」女人一臉嚴肅，神祕兮兮的上前，「這裡頭不乾淨。」

咦？潘瓊雯下意識的摀住跟前兒子的耳朵，這個女人怎麼突然說這麼奇怪的話？小男孩甩甩頭，他似乎讀懂空氣，扭了身子朝裡頭其他房間跑去。

「請問妳是什麼意思？」

女人不安的後仰頸子朝外看去，趕緊再趨前，「這間之前出過事，所以我有機會都不建議大家住。」

「但是我查過凶宅網，這裡並不是……」

「因爲他不是死在這裡的，但事情都是從這裡發生的，這一家子幾乎都死光了，滅門啊！」女人說得煞有其事，緊皺眉心，「我跟我老公現在晚上八點後都還不敢出門，要不是因爲離不開——」

腳步聲驀地傳來，女人如驚弓之鳥般的瞪圓雙眼，突地朝潘瓊雯手裡塞了張字條，倉皇的奪門而出。

正走回的房仲一看見衝出來的女人，心裡即刻大喊不妙。

「喂！又是妳——」皮鞋聲在廊上奔跑著，房仲飛快的奔回屋子裡，緊張的看向夫妻倆，「抱歉！她是不是又說了什麼話？我跟你們保證，這絕對不是凶宅，都查得到的！」

潘瓊雯默默把紙條捏進掌心裡，沒敢露餡，而丈夫卻面色凝重的看向房仲，三人對視彼此，全都陷入沉默中；在旁邊房間裡玩耍的小男孩，正玩著帶來的小汽車，推土機往前嚕了好幾公分後，停在了那裡。

男孩沒有往前把車車拿回來，而是朝著前方伸出手，「幫我拿。」

推土機另一端的女孩伸出手，將小車子也推了回來。

「我想請問，之前住的這戶人家眞的搬到美國去了嗎？」爸爸的聲音從外傳來，男孩趕緊對女孩比了噓。

「不要說話，他們好像在生氣！」他用氣音說著。

女孩似懂非懂的點了頭，爬著來到男孩身邊，緊跟著是女人的焦急的腳步聲，潘瓊雯跑了進來。

「我們走了！」她伸出手，催促著孩子。

男孩抓起小車子，女孩也幫忙拿起推土機，男孩握上媽媽的手，女孩牽著媽媽衣裙，趕緊朝外走去。

「不是啊，那個女人亂講，她都在造謠！高先生，你去查就知道，這間屋子乾乾淨淨！」房仲焦急的追出去，「你總不能說前住戶走在路上被車撞到，也要算在屋子頭上吧？」

「我們需要再想想，等查清楚再說！」高亦豐也不婉轉，「我要不要都一定會跟你說的，放心好了。」

「哎，高先生，你再考慮一下……真的不要被誤導了！」房仲氣急敗壞，但高亦豐還是帶著妻小離開了這棟其實符合他們需求的住所。

房仲客氣的送他們離開，男孩坐在後座的安全座椅上，繼續玩著車子，但其實都在聽前座父母的對談。

女人塞進潘瓊雯手中的紙條上面寫了日期跟「掐死妻子」四個字，看起來是要讓他們搜關鍵字用的，所以她一上車就立刻搜尋，但是這種搜法簡直大海撈針，完全沒有一個清楚的目標詞彙啊。

「喂，你說……會不會那個鄰居是故意嚇我們的？」潘瓊雯好奇的問。

「我剛也有想過這個可能，我會去查，看看是不是真的那間屋主是否有發生過什麼事，但是……我們都聽見了，也很難安心住在那邊了吧？」

「說得也是，如果那個女人是故意的，還蠻缺德的！」潘瓊雯咬著唇，忿忿不平，「不然那間屋子眞的不錯。」

「塞翁失馬，焉知非福？」高亦豐溫和的拍拍妻子的腿，「反正如果找不到合適的，我們可以先租屋就好，也不一定要立刻買房子啊，別搞得壓力這麼大！」

「哎唷！我就很想要有自己的家嘛！」潘瓊雯噘起嘴撒著嬌，「租屋就要面臨搬家，一直搬一直搬，我實在已經搬累了。」

「好好好，或是我們找一間穩定一點的租屋？」

「有時不是房東的問題啊！我們自己也……」潘瓊雯欲言又止，意識到後座坐著孩子，沒往下說。

「但我們也談過，買房子要頭期款跟貸款，我們可能會承受很大的經濟壓力，我就怕生活會很不好過。」高亦豐誠心說道，從後照鏡看向乖巧的孩子，「我覺得一家人可以快樂的生活，才是最重要的啊。」

潘瓊雯沒有反駁，她其實也知道買房的風險，尤其現階段還是老公一人負擔大部分的家計，如果他們買了房子，就不能有萬一，否則他們就真的只能喝西北風了。

小男孩默默放下手裡的玩具車，朝著窗外看去，前方紅燈所以車子停下，爸爸媽媽還在討論著租房的事情，身邊的女孩突然扯扯他的衣服，要他往右邊看去。

他順著女孩手指的方向朝外看，看見了一塊黃色的大牌子寫著「租」。

「房子。」他出聲說著，加大了音量，「房子耶！」

「什麼？」潘瓊雯回頭，看向孩子指向了外頭，再跟著向窗外看去。

路邊有塊立牌寫著大大的租，二十六坪，含水不含電，月租兩萬元，近校區。

「欸……靠邊停、靠邊停！」她立即拍著老公的胳膊，「這個學區不錯耶！」

一時之間大馬路難停下，老公往前滑行，打算繞一圈再回來看，「這麼突然我沒辦法停啊！」

「這個學區比剛剛那邊好啊，而且月租也合理，坪數也不小，我們去看看吧！」潘瓊雯拿起手機，開始撥打了電話。

「哇……妳電話記下來囉！」丈夫嘖嘖稱奇，「怎麼記這種小事時妳特別強啊？」

「哼！」潘瓊雯當這是讚美，撥通了電話，「喂，您好，是……我們看見了租屋的牌子，是是，現在方便嗎？」

她嬌笑著，朝著老公豎起大拇指。

而她後座的女孩也看著男孩，綻開了笑容，模仿媽媽比了個讚。

順利的話，說不定他們就快要有新家囉！

盤子的聲音擱在流理台上，像被拋甩似的，還有盤子在上頭晃動的聲響，聽得出來是被摔扔的。

緊接著是疾步走出的足音，潘瓊雯衝到客廳，手裡還拿著鍋鏟，瞪著坐在沙發上的男人扯開嗓子就罵。

「高亦豐，你夠了沒？一回來就癱在沙發打電動，是不會過來幫忙嗎？」

在茶几邊畫畫的小樊頓了一下，他正默默往角落邊退；姐姐開始拾起桌上的畫筆，盡可能在不出聲的狀態下，一起幫助他移動。

高亦豐厭煩的放下手機，嘖了好大聲，「妳有完沒完？我下班回來很累好嗎！我只是休息一下，妳就在這邊叫叫叫！」

「奇怪咧，你下班會累我不會嗎？我不是回來就立即進廚房做飯了？」潘瓊雯氣急敗壞的吼著。

「我有逼妳做飯嗎？我是不是說了買回來或是叫外送？」高亦豐也不爽的對吼，「妳自己愛做就不要抱怨，不爽就把脾氣發在我身上是怎樣？」

「買？誰買？你爲什麼不順便買回來？連叫外送都要我來叫！」潘瓊雯繼續拿著鍋鏟指著他大吼，「家裡有孩子，這麼小你讓他天天吃外送，這樣對嗎？」

「死不了就好了，有飯吃他就要感恩了吧？」高亦豐一點兒都不以爲然，「是在抱怨什麼？不然就不要煮，大家都不要吃，各自處理嘛！」

「行！就等你這句話！」潘瓊雯也火大了，「今晚就沒你的飯，你自己出去吃！」

磅！高亦豐不爽的踹開了茶几，完全無視於趴在上頭畫畫的兒子，幸好姐姐眼明手快的抓過弟弟的後衣領向後拉，才避免他被茶几邊緣撞擊。

小樊還是被嚇到了，他手上還拿著色筆，呆呆的看著盛怒起身的父親，畫紙跟著飄落。

「妳敢說？妳搞清楚這個家是誰在撐！妳敢煮東西不給我吃？」高亦豐怒不可遏的往妻子的方向走去，戰爭看起來一觸即發。

「你在撐？我也有在上班好嗎！家用是我們兩個一起負擔的，你以為賺比較多了不起喔？」潘瓊雯毫不客氣，「你照顧家？你照顧孩子了嗎？」

姐姐拖著弟弟，指向了沙發後面，這種時候他們都不敢有太大動作，深怕引來注意成為下一個箭靶就不好了。

廚房裡的激烈爭執終於在父親甩門離家後告終，男孩依舊坐在沙發後，大氣不敢喘一下，小姐姐跪坐在一旁陪著他，她很想唱歌安撫他，但是給媽媽聽到就糟糕了。

「小樊！高淳樊——」潘瓊雯開始找人了，推開房門的聲音又急又猛，聽得出怒氣。

姐姐趕緊推了他一把，他最好趕快現身，別讓媽媽找到火冒三丈！

小樊便急著從沙發後走出，恰好潘瓊雯正用力關上他的房門，一轉身瞧見了他，「你在幹嘛？我剛怎麼沒看見你……隨便啦，吃飯了！」

小樊默默點點頭，回頭看向沙發後面，伸手指向了女孩，「姐姐……」

「不要又姐姐姐姐！吃不吃啊你！」潘瓊雯尖吼出聲，嚇得小樊的手僵在原地，「吃你的就好！」

女孩躲在沙發後，跟他搖頭示意，不要再提她了，媽媽會生氣的！

小樊抿著唇，默默先去洗好手再上桌，一桌的簡便家常菜，媽媽把碗擱到桌上時都是用摔的。

「我是倒了八輩子楣，才會嫁給你爸那種人啦！」潘瓊雯把湯匙插進碗裡，「吃！自己愛吃什麼自己夾！」

高淳樊已經八歲了，是懂事的年紀，他扒著飯配菜，這時候只要沉默就好了。餐桌上有四副碗筷，兩個空著的在對面，高淳樊邊吃邊看著對面的空碗筷，這餐只怕又很難安靜了。

眼尾瞄向客廳角落的姐姐，瘦骨嶙峋的姐姐，爸爸媽媽從來都不想給她吃東西，姐姐說她晚上會偷偷的溜到廚房偷吃東西，但也不能吃太多，因爲如果被發現就糟糕了。

「莫名其妙，都幾點了還不回來？」潘瓊雯瞪著牆上的時鐘，依舊是怒火中燒，「每天就只會出去下棋聊天閒晃，過什麼老大爺日子！」

潘瓊雯在說的是丈夫的父親，爺爺喜歡出去跟很多朋友下棋，或是到處聊天，但一定會接送小樊上下學。不過潘瓊雯卻很討厭她公公這種不事生產又無所事事的樣子。

開門聲響，聽出開門的方式是爺爺時，小樊的頭垂得更低了。

「爸！六點半了，不是說了六點開飯嗎？」潘瓊雯沒好氣的說著，「你現在才回來飯都涼了！」

「啊，就有一盤棋得下完嘛！呵呵。」爺爺總是慢條斯理的打著哈哈，「我說過了啊，你們先吃……咦？阿亦呢？」

提到兒子，潘瓊雯臉色轉青，不爽的坐了下來，完全沒有回答的意思。

這氛圍老人家也讀得出來，都活多少年了，還不會讀空氣要怎麼生活？他微笑著先去洗手，放下東西，然後走到餐桌邊吃飯。

他就坐在孫子面前，爺孫倆互使了個眼色，老人家瞭然於胸。

這頓飯結束前高亦豐都沒有回家，所以潘瓊雯的怒氣值只有節節高升的份，基本上小樊吃得很匆忙，他只想趕快離開餐桌而已；今晚沒有可以偷偷帶給姐姐吃的東西，他打算等等偷拿餅乾給姐姐吃。

「小樊。」爺爺開了門，探頭而入。

小樊就坐在書桌上看書，右手邊就是房門，眨了眨眼！爺爺半開著門，環顧他的房間，姐姐坐在地板上也在看書，正陪著他。

「晚上還好嗎？」

「嗯。」小樊敷衍的點點頭。

「那個……有拿東西給姐姐吃嗎？」爺爺這句問得很小聲。

「還沒……媽媽一直在外面。」小樊緊張的搖著頭，「媽媽今天很生氣，她一直在等爸爸回來。」

潘瓊雯就坐在餐桌邊，她身後是廚房，前方是大門，吃飽後坐在那兒翹腳看手機，心浮氣躁的不時往門口瞪，所以他沒有機會去偷餅乾。

爺爺從口袋裡摸出餅乾，悄悄的擱到他書桌上，小樊立刻把餅乾收起來放到桌下，再用閃亮亮的眼神抬頭看向爺爺，輕聲說了句：「謝謝。」

爺爺眨了眼，像是爺孫倆的小祕密，然後輕輕關上房門。

屋外終於傳來開門聲，爸爸回來了，連爺爺都趕緊回到房間去，因爲一場大戰即將展開，高淳樊拿著餅乾滑到地上，將餅乾遞給姐姐。

姐姐接過餅乾，開心的拆開來吃，耳邊卻傳來外面的吵鬧聲，她看向門口，小樊只是回頭瞥了眼。

「他們好愛吵架。」姐姐歪了嘴。

「以前不是這樣的……」小樊轉身挨到姐姐身邊，「他們以前都不會吵架。」

姐姐默默咬著餅乾，「是我的關係嗎？」

「不是妳！」小樊立刻緊張的解釋，「他們都不給妳吃飯，過分的是他們。」

姐姐無奈的笑笑，「我不是他們的小孩。」

他用力的搖頭，勾住她的手，枕在姐姐枯瘦的肩頭。

「妳是我姐姐。」

女孩露出一抹苦澀的笑，把餅乾全塞入嘴裡，小頭一歪，也靠上了弟弟的頭。

「你也永遠是我弟弟。」

潘瓊雯是被奔跑聲驚醒的。

她睜開眼睛，一度以爲自己是在做夢，但仔細聆聽，卻發現門外眞的有奔跑跳躍的聲音！

在黑暗中撐起上半身，有點緊張的屏氣凝神，聽著外頭的腳步聲，這蹦蹦跳跳的，彷彿有誰在跳舞，或是……孩子在玩鬧？

抓起枕下的手機一瞥，半夜兩點，一旁的老公睡得呼聲連連，伸手想推醒他去外頭看看，但她覺得那是孩子在鬧，所以收回手，逕自掀被下床。

這孩子是怎樣？半夜不睡覺在外頭跑來跑去？走近門口時她聽見足音突然急促的遠去，隱約還聽見了孩子的嘻笑聲。

「噓……快點！嘻嘻……」

嘖！潘瓊雯冷不防的拉開門，她立即移步往外瞧，門外沒有孩子的身影，人跨出去，一眼就能看盡的客廳與餐廳也靜悄悄的……但是，她剛剛很明確的聽見了細微的關門聲。

他們家是個略寬的長方形，正門進來左手邊就是餐桌，用鞋櫃隔開，正前方則是客廳，但客廳與餐廳中間沒有任何間隔物，餐廳旁有兩個房間，一間是高淳樊的，一間是公公的，對面則是主臥室。

所以站在主臥室的潘瓊雯，其實極為輕易可以看見屋子的大部分，對面兩扇門緊閉，餐桌那兒也沒動靜，深處的廚房漆黑瞧不見，但剛剛的腳步聲像在客廳裡蹦跳。

她朝右斜前方走去，冷不防的推開房門——在小夜燈的映照下，她看見蜷著身子睡著的高淳樊，看起來睡得正沉。

她小心的上前，不在意的踩上鋪在地板上的被褥，來到孩子身邊時仔細觀察，小孩子無法演戲，但聽著勻稱的呼吸，他正熟睡呢！

奇怪，潘瓊雯自顧自的皺眉，那剛剛的腳步聲哪裡來？樓上嗎？

不理解的朝外走去，臨走前瞥了一眼地上的被子，立即顯現不耐煩的踢了一腳。

「噢！」女孩咬著唇悶哼一聲，還是縮在被子裡。

潘瓊雯不在意的走了出去，將門輕聲關上。

被子裡的女孩坐了起身，噘著嘴看向房門口，再幽幽的朝左看向熟睡中的男孩，輕輕嘆了口氣。

潘瓊雯關好孩子的房門後，逕直要走回主臥室，就在伸手要摸向門把前，突然感覺身後有什麼動靜！

那是種直覺，很難形容的不安，有時會覺得背後有什麼人跑過似的！她立刻回頭，看見的還是一片黑暗寧靜的客廳，唯有外頭隱約透進的光，勉強照亮客廳。

然後，她看見餐桌上晾在杯架上的塑膠袋在飄動。

怎麼回事？密閉的家裡沒有開窗，她現在也沒開門，就算剛剛從孩子房裡走出來也過了好幾秒，更別說她現在與塑膠袋離了數公尺遠。

喉頭緊窒，她握了握拳，還是走過去查看。

黑暗使人心慌，所以她靠近餐桌時就先打開燈，看得見才不會胡思亂想。燈光一開，餐桌上的幾隻蟑螂被嚇到似的倉皇逃離，而杯架上的塑膠袋已經沒有動靜。

潘瓊雯站在桌邊，朝深處的廚房瞥去，爲什麼總覺得哪邊不太對勁？

她再伸手打開了廚房的燈，依然是平靜的廚房，與忙碌的蟑螂們，沒有任何異狀；輕輕嘆口氣，她今天或許是被氣到了，所以才這麼神經過敏吧！

但是她現在就是天天煩，家裡每個人、每件事都令她厭煩！

要關上燈時，她突然愣了一下，再次往廚櫃那兒看去……咦咦！餅乾桶！她走到櫃子邊，那放著餅乾的桶子居然是打開的，而這個桶子並不是輕易就能扳開，這是需要轉開的。

小樊嗎？他居然跑來偷餅乾吃！今天離開廚房前她絕對有檢查過，明明剩四包，現在只剩三包，她不喜歡孩子吃零食，這小子太無法無天了！

潘瓊雯不悅的把餅乾蓋旋緊，接著放到櫃子最上層去，不讓孩子輕易拿到，這孩子，明天一定得說說他！

轉身走到桌旁關上廚房跟餐桌的燈，不過朝房門走了兩步路而已，黑暗中卻傳來了噠啦啦啦的聲響。

那像是有什麼東西掉落在桌上，噠啦啦轉著又彈著的聲音。

潘瓊雯愣住了，趕忙重新開燈，折返回廚房，她剛剛碰到什麼東西了嗎？幸好聲音不大，才沒驚醒家人。

廚房燈一亮，那個旋轉個不停的紅色餅乾蓋子恰好停下。

而那桶剛剛被放到最高層的餅乾桶，現在卻放在餐桌上。

裡頭的餅乾，剩下兩包。

第二章　被餓壞的小姐姐

高亦豐刷牙的手停了下來，從鏡子裡看著在整理被子的老婆，眉頭都揪在一起了。

「妳在說什麼瘋話？」他嘖了一聲搖搖頭，繼續刷牙。

剛把被子鋪平的潘瓊雯帶著滿是血絲的雙眼瞪向他，直接走到廁所門口，「是我親眼看見的，我把那桶餅乾放到最上層去，結果才幾秒就掉……不是，桶子是被拿下的吧？連蓋都轉開了，餅乾也不見了！」

潘瓊雯說得一臉驚恐，她昨天燈都沒關就逃回房間，鎖上房門後躲進被子中，她總不可能老人痴呆吧？才幾秒鐘的事就忘記？

高亦豐漱了漱口，一臉不耐煩，「妳知道妳在說什麼嗎？妳想說家裡有……什、麼嗎？」

只見潘瓊雯睜大一雙驚恐的眼睛，用力的點頭。

「不然你要怎麼解釋？誰拿下餅乾桶？誰旋開蓋子？又是誰拿走餅乾？」她這每個字都在發顫。

「那是妳夢遊，意識不清，反正也不是第一次了。」高亦豐倒是一派輕鬆，「妳以爲妳放了桶子，但根本沒有，可能在開燈時突然醒了！」

「我沒有夢遊！我不會夢遊！」提到這個她就不爽，「爲什麼你老是說我夢遊，我從以前就沒這個習慣！」

「因爲妳就是有！我遇過很多次了，半夜把我嚇得半死！」高亦豐也不客氣的回嚷，「大家都說不能貿然叫醒夢遊的人，所以我才都沒推醒妳，妳都不知道半夜翻身突然看到有人站在床前多可怕！」

「下次你錄影啦！話都給你講就好了！」潘瓊雯氣到轉身，「昨天那個絕對不是我夢遊，餅乾原本三包只剩兩包！你明知道我不讓小樊吃零食的！」

高亦豐不耐煩的深吸了一口氣，懶得跟她吵，他們現在只要交談三句就吵架，看到彼此只剩心浮氣躁。

他也不知道爲什麼會變這樣，原本以爲換了環境一切都會變得更好，但事實上卻是每下愈況；他突然被裁員，迫使瓊雯得去找工作，他好不容易再找到的工作薪水比之前低了三分之一，生活變得更困難，也更加難以負擔這間屋子的房租，以及小樊昂貴的學費。

總之就是諸事不順，看什麼事都厭煩……當初實在不該租這麼貴的房子，生活都壓得他快喘不過氣來了。

潘瓊雯怒氣沖沖的離開房間，進廚房時依舊有點心驚膽顫，那餅乾桶還放在餐桌上，餅乾只剩一包；她回頭看著兒子，小樊乖巧的坐在餐桌上喝牛奶，口袋裡藏著用衛生紙包起來的餅乾。

「你有偷拿餅乾嗎？」轉過身的潘瓊雯質問著小樊。

「我……肚子餓。」小樊囁嚅的說。

「你拿了幾包？」潘瓊雯雙手抱胸的再問。

高淳樊低下頭，卻沒有回應，避開了媽媽質問的眼神，完全一副心虛反應。

「我說過不許你吃這麼多零食！你再偷拿就一個星期都不許吃任何糖果！」潘瓊雯下令，鼓起勇氣將蓋子鎖上，把整個餅乾桶重新放到櫃子最上方去。

這一次，她刻意挪動了前方的杯子，好讓餅乾桶可以塞到最裡面去。

高淳樊偷偷的往客廳落地窗的角落看去，女孩躲在窗簾後，不敢出聲的蜷在那兒。潘瓊雯邊收拾碗盤，一邊催促著他快點把牛奶喝完，等等要帶他出門。

一杯牛奶喝了半小時，這讓潘瓊雯沒來由的火大。

「你是在摸什麼？一杯牛奶也要喝這麼久？」她走到餐桌前，動手抽走杯子，害正在喝牛奶的小樊撲了個空，下巴差點撞上桌面。

他驚恐的望著媽媽，但也不敢多說什麼，趕緊正襟危坐。

小樊身後的房門打開，高亦豐走了出來，「小樊，去換衣服，要帶你去百貨公司了！」

咦？小樊詫異的回頭看向爸爸，爸爸倒是溫柔的用眼神暗示他趕緊去換衣服啊！他悄悄的正首再瞄了媽媽一眼，媽媽沒說話，所以他立即跳下椅子，一溜煙回到房間去。

房門沒關，他前腳才滑進去，窗簾裡的女孩就順著三人長沙發後面爬行，隱藏自己的蹤跡，就可以直抵小樊房間。

一進房間，就看見書桌上用衛生紙包好的餅乾。

「我偷拿了幾塊，妳慢慢吃。」小樊一邊換褲子一邊說，「妳不要再去拿餅乾桶裡的了，媽媽會生氣。」

「但是我餓。」她撫著肚子，一臉可憐兮兮。

「我會拜託媽媽帶點心回來給妳吃……」小樊說著，緩下了手上的動作，雖然他知道不可能。

「我也想去百貨公司。」姐姐咬下餅乾，一小口一小口的啃。

「爸爸他們不會讓妳去的。」小樊心知肚明，「妳在家裡比較安全。」

女孩難受得頹坐在他的椅子上，她也明白，這對父母是不可能待她好的了。

「爺爺已經出門了，但爺爺回來也不會對妳怎麼樣的，如果他提早回家，說不定還會買東西給妳吃。」小樊穿上外套，準備自己的小包包。

「嗯。」姐姐點了點頭，「我等你回家。」

穿好衣服的小樊轉過身，緊緊握住女孩的手，「姐姐，妳放心，我會想辦法救妳的。」

小女孩看著高淳樊，澄澈的眼裡泛起了淚光，劃上的笑容都在抽搐，一轉眼就落了淚。

「謝謝你……」她難受得哭了起來，用乾瘦的手緊緊擁住了男孩。

高淳樊也用力的抱住纖弱的女孩，他已經想到辦法了，剩下的就是需要強大的意志力與耐心。門外傳來呼喚聲，媽媽正在碎唸著好了沒，聲音由遠而近，女孩嚇得趕緊鬆手，立即躲到書桌下去。

唰，門被推開時，小樊已經站在門口了。

「你好了沒？換個衣服也要這麼久？你最近很會摸喔！」潘瓊雯沒有一絲的耐性，「快點！要走了！不然等等又不好停車！」

高淳樊點點頭，乖巧聽話的跟著離開，蜷在書桌底下的女孩聽著房門關起，然後又是大家說話都不客氣的爭執，直到大門關上。

她這才泛起幸福的微笑，打開手裡的衛生紙，小小口的吃起餅乾來。

好開心，至少現在她還有餅乾可以吃，之前她一天都只能吃一餐，而且還是吃幾口稀飯而已，連一點菜都吃不上呢。

餅乾屑沾在了嘴巴周邊，她珍惜的把餅乾屑都抹進了嘴裡，淚水靜靜的淌下，幸福就是這麼簡單，但是對她而言，卻要耗費好大的力氣才能得到。

可是沒關係，她是個知足的人，只要有弟弟一個人願意愛她，那就夠了。

車子順利滑下車道時，恰好差兩輛就要客滿了，這讓潘瓊雯覺得幸運指數飆高，心情突然變得很好，即使必須停到Ｂ４去，但總比在外面排隊好。

「今天要慶祝小樊考試第一名喔！」高亦豐轉動著方向盤，一邊朝後座的兒子喊話，「你可以選要吃什麼——但是不能全部選冰淇淋或蛋糕喔，要先吃正餐才可以！」

「眞的嗎？」小樊雙眼發光，「什麼都可以？」

「但是正餐得吃完，不能浪費食物。」潘瓊雯補充一句。

啊……高淳樊心涼了半截，這樣就不能用吃不下當藉口，包回去給姐姐吃了嗎？

「欸，其實吃不完打包也還好吧？」高亦豐果然提出了不同意見，「說不定他想吃很多種啊！」

「不要寵壞小孩好嗎！如果他美食街每一道都只吃一口，我們要買十幾種嗎？」潘瓊雯即刻扳起臉來，「考得好是學生的本份，小小獎勵可以，不要過頭了！」

高亦豐不太高興的看向老婆，總覺得面子掛不住。

「偶一為之有什麼關係？妳以為全班有幾個第一名？他考得好偶爾給個獎勵又怎麼了？吃一次是能寵壞什麼？」沒看見剛剛小樊多開心，她潑什麼冷水，「小樊，你就點喜歡吃的，不要想太多！」

「不可以！」潘瓊雯繼續打槍，「我在教小孩，你不要在那邊妨礙我！」

「是妳在妨礙我吧？我剛已經跟孩子承諾了，妳是要讓我做一個說話不算話的爸爸嗎？」

「奇怪耶你，那你做承諾之前為什麼不能先跟我商量呢？你這樣就是在慣壞他，今天點十道，下次就會點二十道。」

「如果他下次還可以考第一名，我就讓他點二十道！」

「高亦豐！你有種啊，你有錢嗎？裝什麼大方！我們再不省吃儉用點，下個月房租都要付不起了，擺什麼譜啊！」

後座的高淳樊眼神沉了下去，他靜靜的往窗外看去，前座的父母吵得不可開交，尖銳的嗓音在密閉的車子裡迴盪，彷彿要將他耳膜刺破般的難受。

車子終於停下，他鬆開安全帶，多想逃出車外去。

客滿的週日，有許多客人都湧進百貨公司裡，附近都是剛停車的人們，停車場內到處都有人在走動，他痛苦的掩起雙耳，那模樣引起了一些路人的注意，使得他們慢下了腳步。

潘瓊雯終於氣急敗壞的下了車，因爲高亦豐這次一步都不妥協，這是賭上了當父親的面子。

「小樊，下車，放心好了，爸爸今天絕對讓你吃得開心。」

高淳樊坐在他的安全座椅上，潘瓊雯先一步繞過來打開車門，還在跟丈夫吵，「適量就好！爸爸就算這樣說，你也不可以亂點！」

男孩被拽著下車，只是就在要下車前，他突然伸手抓住了前座的頭枕。

「我不要下去。」悶悶的聲音，從男孩齒中迸出。

潘瓊雯愣住，她正握著孩子的手臂呢，「下車了啊。」

高淳樊用力搖著頭，雙手都巴住了前座頭枕，這下連高亦豐都看懵了，趕緊上前，「你不要聽你媽亂說，爸爸說任選就是任選，愛吃什麼買什麼。」

高淳樊撇開了頭，朝向車內，真的不打算下車的樣子。

孩子突然的鬧脾氣、地下停車場的悶熱難耐，種種情況都令人心浮氣躁，潘瓊雯不客氣的上前抱住小樊的身體，就要拖下車子。

「給我下車！鬧什麼啊你！」

七、八歲的孩子哪可能敵得過大人？小樊輕易的就被扯下車，但是他卻不肯屈服，發出驚恐的尖叫聲。

「哇啊——我不要！我不要！」他死命掙扎著，拼了命的想拉住車內所有的東西，但最終都宣告無效。

他終究被拽下來，潘瓊雯試圖抓住他激烈反抗的四肢，高亦豐趕緊將門關上，但是孩子哭鬧的聲音在地下停車場裡迴盪，很快的引起了路人的注意。

「閉嘴！你胡鬧什麼？」潘瓊雯使勁的抓住他的手，但是小樊卻拼命似的想抽回手，扭動著身軀，並且放聲大哭。

「我不要！放開我——」他歇斯底里的哭喊著，用盡氣力的想掙開母親的箝制。

這樣的舉動只是更加激怒潘瓊雯，但是面對孩子的死命掙扎，她卻無法完整的控制他，只能更加用力的抓住他的雙手，用腳勾住他的身體。

「你想用這種方式達到目的嗎？希望如你的願？媽媽是不容許被威脅的！」潘瓊雯咬著牙，硬騰出左手又要打開車門，「我們立刻回家，誰都別想吃！」

高亦豐傻在一邊，他焦急於路人投來的目光，看著老婆騰手要打開車門又是一驚，眞的要回家嗎？

「等等……」他慌了，一亂就六神無主。

但男孩卻在潘瓊雯鬆手的瞬間，扭身掙開了她的箝制，踉蹌的往前狂奔，甩開被抓住的右手。

「救命——救命！」他哭喊著往前衝，「哇啊啊——哇！」

這驚恐的叫聲令人聞之憂心，才跑沒兩步的高淳樊即刻被衝上前的潘瓊雯再度抱住，她怒不可遏的拉回他，下一秒便是狠狠的一巴掌。

「閉嘴閉嘴閉嘴！」她拔高音尖叫起來，「給我站好！」

近乎失控的一巴掌打在男孩臉上，他嚇得即刻噤聲，重重的一巴掌讓他整個頭都往旁撇去，小臉一秒泛紅！他甚至不敢哭出聲，只是緊咬著唇，接著是全身上下不住的發抖。

「喂！妳在幹什麼！」一個壯漢不客氣的指著潘瓊雯跑了過來，「打小孩啊你們！」

「妳不能這樣打小孩的！」一旁的女人也即刻跑了過來，「在公共場合也家暴？我要報警！」

「報什麼警？妳報什麼警啊，我管教我家孩子關你們什麼事！」潘瓊雯不爽的回嗆著，伸手更用力的把高淳樊拽回自己身前。

「哇啊！」小樊的右手被這麼一扯，痛得喊出聲來，「對不起媽媽，對不起對不起！我錯了……對不起對不起對不起對不起……」

一連串的對不起說得淒楚委屈，但字字句句都飽含著恐懼，身子縮成一團，還想護著發疼的臉頰。

「站住！妳不要走喔！」大漢上前，逼近了潘瓊雯，「立刻把小孩放開！」

看著大漢逼近，潘瓊雯嚇了一跳，拉著小樊更緊，一邊想往後退！高亦豐總算回過神，見狀匆匆上前，眼下十幾人從四面八方包圍住他們了，而且眞的有人在報警了，這下怎麼辦？

「等等等等，大家冷靜點！請不要報警好嗎？」他跑過來時緊張的嚷嚷，「這是誤會！誤會啦！」

「你是爸爸嗎？」一位媽媽皺著眉上前，「你們這樣打小孩不行喔！」

「我是爸爸，所以我說這是誤會，是我在跟老婆爭執，可能孩子嚇到了！」

高亦豐連忙解釋，「總之他突然鬧脾氣，我們都措手不及……那個，地下停車場這麼大又有車，我們是怕他亂跑危險，我老婆才會緊張的抓住他！」

他滿身大汗，說得誠懇至極，但是圍觀的人們根本沒打算理會他，他們已經看見了哭到發抖的孩子了！

「我剛剛從頭看到尾，是媽媽把小孩從車裡扯下來的，我還看見他死命抓著車子不放！」大漢又上前一步，「放開小孩子！」

潘瓊雯緊緊的握著高淳樊的手，鼓起勇氣抬頭，「你滾喔！管別人家務事幹嘛？多管閒事！」

「你們家暴耶，看到的都可以管！」大漢衝著旁邊的人大吼，「對不對？」

「對——」異口同聲的聲音迴響，這陣仗嚇得夫妻倆不知所措。

而益發緊張的潘瓊雯卻忽略了手上的力量，指甲嵌進了高淳樊滑嫩的手裡，終於惹來孩子的尖叫聲。

「好痛——」高淳樊痛得大叫，又蹲了下去。

大漢忍無可忍，一大步跨前抱住了高淳樊的身體，迫使潘瓊雯鬆開手，其他人也上前幫忙，女性們刻意推開母親，讓她離孩子越遠越好。

「不是啊，那是我孩子……小樊！」高亦豐緊張的想上前，又被其他人擋下。

大漢抱住的高淳樊全身瑟瑟顫抖，嚇得不輕，他驚恐的護著自己的右手，淚水不停的湧出，大漢溫柔的把他抱離現場，蹲下身子，讓他坐在他勇健的大腿上。

「你不要怕！叔叔保護你！」大漢說著，輕輕握住他的右手，「來，很痛嗎？叔叔幫你看。」

高淳樊嚇得抽回手，臉色刷白的拼命搖頭，這舉動只是讓人更加懷疑而已！

「不要緊，你看，看不見爸爸媽媽對不對？」大漢溫柔的說，「我們會幫你，等等警察叔叔來也會幫你。」

「警……警察……」高淳樊哽咽著，連聲調都在顫抖。

「對！你就跟警察叔叔說實話！剛剛發生什麼事？媽媽為什麼要抓你？為什麼打你？」大漢說著話，一邊假裝自然的碰觸他的右手，希望孩子可以放下戒心。

「我……我……不知道！」高淳樊說著，豆大的淚珠卻不停的撲簌簌滾落，「沒有，媽媽對我很好……」

一看就知道說謊啊！

大漢心疼不已，冷不防的握住了孩子的手，這麼熱的天，為什麼孩子穿著牛仔外套？就算在冷氣車裡，小孩的體溫總是比大人高，就是怕熱啊！

唰地他一把拉下袖子，映在眾人眼前的除了剛剛那被潘瓊雯緊掐住的指甲痕外，還有更加令人怵目驚心的——

潔白肉瘦的小手臂上，全部都是點點瘀青，滿佈了整條手臂。

「天哪……」跑過來的其他路人家長都嚇到了，「這是捏的嗎？這應該是被捏的！」

女人蹲了下來，心疼的撫著高淳樊紅腫的臉頰，「告訴阿姨，這是誰弄的？」

高淳樊聞言，縮起雙肩想閃躲視線，頭都垂到不能再低了，他想要找地方躲起來似的惶恐，他開始拼命搖起頭，抽回自己的手，慌張的想將外套袖子拉上。

「你們放開我！你們搶我小孩做什麼！」潘瓊雯的聲音氣急敗壞的傳來，與其他人一邊爭吵一邊逼近。

聽見媽媽聲音的瞬間，高淳樊像觸電般的站直，眼神流露著恐懼。

「沒有沒有……我自己摔倒的……」

「這種傷不可能自己摔倒的。」一個媽媽極爲和藹的握住高淳樊的雙肩，孩子的反應說明了一切，「你叫什麼名字？」

「……高淳樊。」男孩怯懦的說出名字。

「高淳……樊？哦，小樊小樊。你看，好多阿姨跟叔叔都來保護你，你什麼都別怕。」說著，警車也抵達了，「警察叔叔都來了呢！」

「咦？」小樊臉色瞬間刷白，嚇得想轉頭逃離，「我不要！警察會抓我！哇……」

「啊？抓你？不會的，警察是來保護你的喔！」女人加重了語氣，「我們都在，沒有人會抓你！」

高淳樊困惑的皺眉，看起來嚇得不輕，「沒有，爸爸說警察專門抓壞小孩，我們看到警察一定要躲起來……」

這是什麼裡論啊？教孩子要避開警察？一堆家長相互交換眼神，這擺明的就是刻意的吧？要洗腦孩子不敢去舉發家暴嗎？

「沒有，那都是誤會！這些人莫名其妙亂報警的，就我們跟孩子有點爭執而已！」

高亦豐的聲音焦急的傳來，一夥人逼近。

高淳樊倒抽一口氣，大漢即刻起身，以壯碩身形擋住了高淳樊，讓男孩在後頭躲著。

男孩被挪到了大漢身後，他嚇得揪著大漢的褲腳，小心翼翼的看著一群大人走來，裡頭還有他那怒不可遏的父母。

「就這些人，誘拐我兒子！他們是當著我的面把我小孩帶走的！」潘瓊雯一秒先告狀，指控了在場的家長。

「我們是看見家暴現場，先把孩子保護起來！」一群媽媽們即刻反指控，「警察先生，你看那孩子。」

警察們先請在場人士稍安勿躁，走到大漢面前，小男孩一見到警察即刻縮到希望自己原地消失似的，大漢握住他的右手，一邊安撫著他不要怕，一邊小心的捲起他的袖子。

當手臂上的瘀痕出現時，警察回頭看向了潘瓊雯與高亦豐。

「那是什麼!?小樊，你為什麼會弄成這樣?」潘瓊雯尖叫起來，「你是跟誰玩成這樣的?」

「你們這樣看我做什麼?你們以為是我們做的嗎?」高亦豐更加不可思議，「他可是我的寶貝獨生子耶，我們怎麼可能會這樣對他……小樊，是不是跟同學玩時弄傷的?」

「這麼密密麻麻的傷，哪可能是跟同學弄傷的?這一看就是捏的!」

「是你之前說過胖牛掐你的吧?還是辰典?」潘瓊雯努力回想著孩子的同學，「還是人豬?他也喜歡捉弄你。」

「自己幹的事還推到其他孩子身上啊?敢做敢當啊!」

「不要臉！」

「我沒有錯要當什麼！」潘瓊雯忿怒的指向路人家長，「管什麼閒事啊你們！」

「你們家暴的話，誰都能管！」有女孩出了聲，「我剛剛都有拍到喔，從孩子在車子裡摀起耳朵開始，他就很害怕了，警察先生！我全程錄影！」

「好！」一名警察頷首，準備接過去看。

「錄什麼……妳錄──」潘瓊雯居然舉起手，就要去扯女孩的頭髮。

「幹什麼幹什麼！當我不在是嗎？」警察們大喝一聲，這女人真的超潑辣的，「站遠一點！退後──」

一名警察勒令她退後，並且檢視錄影過程，另一名警察蹲下身子，好聲好氣的朝男孩說話。

「小樊對吧，我是展叔叔！展叔叔會保護你，你告訴我，這手的傷是誰弄的？」

高淳樊沒說話，依然緊揪著大漢的褲子，躲著不敢看警察。

「那叔叔在，叔叔保護你！」大漢感受得到男孩對警方的恐懼，心裡對這對父母更加憎惡了，「你還有哪邊痛痛嗎？」

高淳樊頓了一下，抬頭看向大漢，小手下意識摸向了肚子，但又立即放開。

「沒有。」他搖頭，說著全世界都知道的謊話。

所以大漢也將手放在他肚子上，輕輕的摩梭著，男孩吃疼的又縮了一下頸子。

警察與大漢旋即交換眼神，然後大漢冷不防的拉開了孩子的衣服——整片紅紫色瘀痕，塡滿了孩子該是白淨的肌膚。

瞬間——所有人回頭看向了兩公尺外的高氏夫妻，他們瞪圓了雙眼，居然也同時倒抽一口氣。

「不是我喔！不是我們喔！你們這樣看我們是什麼意思？」潘瓊雯驚慌的搖著頭，「我沒有打孩子！我絕對沒有！」

第三章 房間裡的痛

女孩抱起一大疊文件，踩上椅子，小心翼翼的將它們放進櫃子裡，不忘重新排疊整齊，這才滿足的關上櫃子，咚的跳下椅子。

「哎呀！厲心棠！」小滿剛進門就聽見她跳下地的聲音，「妳嚇死人了，爬這麼高已經很危險了，還用跳的！」

「啊？這小事啦！」厲心棠笑得燦爛，將椅子拖回原位，「還有什麼需要我幫忙的嗎？」

「嗯……妳要不要跟我出去一趟？」小滿手上也抱著幾份資料夾，「我要去走訪一些家庭，妳之前不是說想看看？」

聞言，厲心棠一雙眼亮了起來，興奮的猛點頭！

「要去要去！立刻馬上！」她滑步到自己位子邊抓起背包，「我需要準備什麼嗎？到時要怎麼協助妳？」

小滿笑了起來，心棠真的是個很天真的女孩。

「妳就只是陪著我去，在旁邊默默的看……呃，真的只許看，沒事不要插話。」小滿比較擔心這點，「妳太心直口快，妳得記住，妳什麼身分都不是，不能開口表達。」

「明白！」厲心棠挑了挑眉，還做個舉手禮。

妳最好明白……小滿眼神裡充滿不信任，這個活潑甜美的女孩是來當免費義工的，她眞的無償幫忙，理由是想要瞭解弱勢族群，想盡自己一份心力，所求就是吃飯時可以有她一份便當就好。

年紀是大學生，但沒提過哪間學校，畢竟是義務役，她也不好問太多，只知道心棠在便利商店當大夜，她表明自己不缺錢，純粹就是想幫忙並多看看世界……這是很特殊的例子，一開始大家都對她有防心，因爲這樣無所求的人太詭異了，不過女孩積極又勤勞，沒叫她做事就自己開始協助整理、打掃，人長得可愛又靈巧，所以後來連主管都開始讓她幫忙。

她能來的時間也不算多，但做事還算井然有序，就是過分活潑了點，而且有點……天眞，感覺得出來應該是家裡很疼的女孩，待人接物並不差，就是欠缺歷練。

因爲她的活潑有時帶了衝動，還有不太會看人臉色，更簡單的說，她讀空氣的功力還不太夠。

「等等我們要去家訪的家庭都是被舉報疑似家暴的，會有位警察跟著我們，妳可能會看到很多令人難受的事，但一定要忍住。」小滿堅定的眼神看著她，「我們有我們的流程。」

小滿姐眞的很厲害，眼睛這麼小卻依舊魄力十足……厲心棠抿緊唇，用力點了頭，彰顯決心。

「嗯！我不會亂說話的！」她這次三指併攏發誓了。

「是不要說話。」小滿無力的再度強調，「什麼話都在心裡譙沒關係，眞的要說話前必須經過我同意！」

厲心棠點頭如搗蒜，她要配合才能夠跟著出去看看啊！如果破功或惹事的話，以後就沒辦法再跟著小滿姐去看看他們平時作業的流程了吧！

戴上安全帽後跨上機車，厲心棠乖巧的從後座抱住小滿姐豐滿的腰，向受訪家庭出發。

小滿姐其實沒大她多少，但相當穩重，不管是外貌個性或是……體型，圓圓的臉與圓滾滾的身材，中氣十足的聲音，還有超迷你的個子，加上小滿姐非常鍾愛碎花裙子，穿上去整個人可愛到爆炸，比實際年齡小了很多。

處理事情來溫柔時慈眉善目，嚴厲時也相當嚇人的。

機車一路騎到目標家中樓下，再與當地警察會合後上去訪問，許多都是被關心的對象，也有已家暴但被列爲觀察重點的，所以小滿姐他們固定都要進行家訪。

「最後一戶……有點麻煩。」這一區配合的警察叫展哥，他看著手上的資料也略有抱怨，「他們被投訴兩三次家暴了，但就是有一堆理由，孩子也不承認家暴。」

厲心棠湊上前瞧，看見孩子的受虐照，胸口的瘀青、滿手的瘀痕，還有目擊者證詞。

「有目擊者啊！這樣還不行嗎？」她不解的問。

「事情沒這麼簡單，這是把孩子帶離親生父母身邊的事，不能隨便。」小滿嘆了口氣，「第一次是在地下停車場拉扯，他們說是孩子鬧脾氣的爭執，這算小事，孩子也說身上的瘀青是自己跟同學鬧著玩時弄傷的；第二次是老師發現他暈倒，發現他沒吃飯，不過家長也說是他自己不吃。」

「小孩子怎麼可能搞絕食？但他就只跟老師說肚子很餓，老師買麵包給他後，聽說是狼吞虎嚥的吃法，像是餓了很多天。」展哥皺著眉搖頭，「但不管怎麼問，都沒說是被家長虐待。」

「他還是小孩，父母是他的山，不可能去告發父母的。」小滿已經看了太多了，「而且之前有紀錄，他怕警察對吧？」

「對，地下停車場那天我有去，孩子看到我們像看到鬼似的。」展哥顯得很不悅，「只怕這也是灌輸給孩子的錯誤觀念，這樣孩子就不可能對我們求救！」

厲心棠聽了心堵得慌，相當不安，「那現在呢？孩子在哪裡？」

展哥第一眼就注意到厲心棠，年輕又很漂亮，讓他今天一整天心情都很好，自是有問必答。

「還在他們家，就是沒有非常明確的證據。」

小滿連頭都沒抬，騰出右手在厲心棠跟警察前晃晃，「之前的家訪不是你去的啊，唉，是雄哥喔？」

「嗯，那是雄哥負責的，他今天休假所以我來。」展哥露出幾分無奈，「家長給的都是正當理由，雄哥就沒再追了。」

小滿點了點頭，這也不意外，原本清官難斷家務事，小孩沒吭聲，大人也一堆正當理由，他們不可能說把孩子拖出來就拖出來的……重點是，孩子也不願走啊。

「沒有到證據確鑿前，我們其實都很難做。」小滿瞄向厲心棠，「記住了，要忍住，不要說話！」

「……這不是太奇怪了嗎？如果那個孩子眞的遭到虐待呢？還能等什麼證據？」厲心棠無法理解。

「就是必須有證據，否則要怎麼證實孩子受虐？妳知道除了身體的虐待外，還有精神虐待嗎？這種無形的東西妳又要怎麼蒐證？」小滿一頓懟，「這種事不能憑妳想像就決定的！」

「就算我們是執法單位也一樣，凡事都要講證據！」展哥也應和，「即使今天是當事者主動通報家暴專線，妳知道還有多少的比例是誣陷家長的嗎？」

咦？厲心棠略微一怔，「誣陷？」

「呵，數不完的！不給孩子看電視就打家暴專線，還有不讓他去聽演唱會……」小滿嘶了一聲，「我記得上個月才有個女生到處喊父親強姦她對不對？」

「對對，那個爸爸被開除，鄰里都對他指指點點，結果最後證實因爲女兒想要一支新手機爸爸不肯買，她就要她爸後悔一輩子……」展哥仰望天空，「這可眞的是一輩子的事喔！」

厲心棠受到強烈的震撼，就因爲這麼點小事，值得摧毀父母的聲譽嗎？

「這些人的親子關係……好可怕喔……」她喃喃的說著，「還不如我這個被領養的……」

「咦？」小滿抓到了尾音，「領養？妳？」

「嗯啊！我沒有爸媽，但養大我的人非常非常愛我！」她滿臉洋溢著幸福，「我也非常非常愛他們。」

小滿看著她的神情，只是輕笑，所以才會想來瞭解弱勢的狀況啊！她伸手拍了拍厲心棠的肩，表情卻有點奇怪。

「走吧！」小滿邊說，重新走向機車。

連展哥也上前輕拍她的肩，也帶著一臉嚴肅，「加油！」

嗄？什麼跟什麼啊？厲心棠不明所以，加什麼油？但在小滿的吆喝聲中，緊趕著跟上。

不過五分鐘距離，他們抵達了高家。

那是個普通的小社區，高亦豐家就位在十樓，昨天半夜有人看見孩子坐在陽台上哭泣，瑟瑟發抖，所以撥通了檢舉電話，因此今天他們可以光明正大的再來一趟。

「我說你們有完沒完？我們家不存在任何虐兒問題！」高亦豐實在是極度不耐煩，「你們有業績壓力是嗎？這麼拼命的找我們麻煩？」

「昨天又有人打電話說孩子被關在陽台上一整夜，我們再怎樣也得來關心一下對吧？」展哥說得自然，「方便讓我們進去坐坐嗎？」

「不方便！」門後傳來女人的聲音，「誰會放找麻煩的人進來？」

小滿倒是從容不迫，主動遞上名片，「您好，因為你們已經被檢舉三次以上了，我們眞的必須進行家訪，否則……我能合理懷疑孩子正在遭受虐待，而你們正在惡意隱瞞！」

隔著一扇門一道牆，女孩的手微顫，她停下了說故事的舉動，看向一旁聽得正入迷的小樊。

「有人來了！」她闔上故事書。

高淳樊回過頭，爬起身後到門邊張望，偷偷開了一小縫。

「我很疼我家小樊的，我怎麼可能……之前都是誤會！」潘瓊雯雙手扠腰的走到門邊，「是誰檢舉的？爲什麼要這樣害我們？」

「這中間的恩怨我們沒辦法懂，但是既然你們說是誤會，剛好我們能來幫你們澄清啊！」小滿說得溫和有力，「這樣我們回去回報，以後也就能證實你們根本沒有虐兒的行爲。」

潘瓊雯原本還想開口說些什麼，但沒料到小滿不是在賴她虐兒，話梗到喉口倒是說不出來了，氣燄也消了一半。

「我……嗯，那個……」她有點不知所措，面對著堆滿笑容的小滿，最後還是拉開了門，「我們很忙的，十分鐘。」

「沒問題。」小滿禮貌的頷首，率先走了進去。

厲心棠乖巧的跟在後頭，一進屋在玄關換鞋時，就可以看到左手邊的餐桌，以及跟往裡延伸的廚房，看起來挺乾淨的！換上了拖鞋走向正前方的客廳，潘瓊雯轉身到廚房準備茶水時，厲心棠一眼瞧見客廳三人沙發後方的門縫。

有個小小身影躲在那邊偷看。

「高太太，不必忙啊，我們就跟孩子說兩句。」小滿客套的說著，一邊安然坐下。

「小樊！」高亦豐轉身朝一旁的房間喊著。

厲心棠看見那扇門被慌張、但依舊小心的關起，看來是孩子在偷看了！

幾秒後當房門重新打開時，走出了一個八、九歲的男孩，他有些膽怯的望向客廳的所有人，緊張的卡在門口不願挪動步伐，潘瓊雯端著簡單的開水過來，一邊走一邊斜眼看著孩子。

「過來，這位姐姐有話要問你！」媽媽一開口，孩子明顯的顫了一下身子，顯露出明白的害怕，誰都沒放過那小表情。

小樊一雙眼不安的轉著，小手絞著衣服，緩緩的從房門口挪到客廳，但仍舊與小滿或警察拉開距離，一臉戒慎恐懼。

「別緊張，之前應該也有人問過你問題了吧？」小滿換上溫柔的嗓音，「我叫小滿，你可以叫我小滿姐姐。」

小樊點了點頭，眼神卻沒對上小滿，反而是瞄向了她右手邊的厲心棠。

小滿瞬間留意到，手肘一推，向右側低語，「自我介紹。」

「啊……喔，我是棠棠。」厲心棠尷尬的笑著，「叫我棠棠姐姐就可以了。」

男孩眼睛眨呀眨，多看了厲心棠好幾眼。

「我跟棠棠姐姐今天中午吃拉麵，超好吃的，警察先生呢？」小滿突然cue了警察，男人一怔。

「呃，我就吃了包子配紅茶。」

「那小樊呢？今天中午吃什麼？」小滿堆著溫和的微笑，希望能降低孩子的戒心。

男孩轉頭，回頭看向了站在餐桌邊的媽媽一眼。

「你看我幹什麼？」潘瓊雯一秒暴怒，「你是要害我嗎？好好回答！」

嘖！高亦豐趕緊阻止老婆，瞧她這種態度，誰都會覺得她是個躁鬱症患者，極有可能虐待孩子吧？

「小樊，你照實講，爸爸媽媽沒有打你也沒罵你對吧？」高亦豐擠著僵硬的微笑說著。

這情況看起來眞是可疑到爆炸。

「我……中午吃飯，有青菜跟魚。」小樊很小聲的回著，右手抱著左臂摩娑著，呈現極度不安，小滿都看在眼裡，「剛剛喝了綠豆湯。」

「哇，感覺很好吃耶！」小滿繼續笑著說，「小滿姐姐問你喔，昨天晚上你睡得好嗎？」

小樊略微抬頭，望著小滿的眼神有一秒的閃爍、躲開，低下頭，「嗯。」

「你在房間睡覺嗎？還是……在陽台呢？」小滿輕聲的問著，潘瓊雯緊張得都要向前了。

「房間。」小樊倒是不假思索的回應，「被關在陽台的是姐姐。」

咦？這答案出人意料，連展哥都瞠目結舌，什麼時候多了個姐姐？

小滿內心也震顫不已，但是她沒有做翻閱資料這樣的動作，她讀過這孩子的資料，他是獨生子啊？

「沒有……沒有什麼姐姐！」高亦豐好不容易吐出幾個字後，又痛心般的握拳，「你怎麼還沒完啊！小樊！」

連潘瓊雯都仰頭說了句哎唷，極度煩躁的往前兩步，「你爲什麼又提什麼姐姐？沒有的人……」

「請等等，不要打斷孩子說話！」小滿立即阻止父母，「小樊，你只管告訴我，姐姐在哪裡？」

小樊有些緊張，他彷彿被父母的反應嚇到了，回頭看向瞪大眼睛的高亦豐不敢吭聲，抓著衣角的手更緊。此時，孩子隔壁房間的門卻突然開了，走出一位慈眉善目的爺爺。

「不好意思。」爺爺一出現就是和藹可親的模樣，「這孩子有個玩伴，年紀比他長幾歲。」

「爸！」高亦豐簡直不敢相信，「我都說過了，你不要支持他的妄想症！」

「孩子有妄想症？」展哥倒很驚訝，上次在警局做筆錄時沒提過啊。

「不是……唉，他一直說家裡有個姐姐，但我們就他一個孩子啊！」高亦豐真的覺得有理說不清，「就是小孩子他幻想出來的玩伴！」

唉，小滿起了身，「請大家都不要說話，讓孩子一個人說！」

突然的嚴厲果然讓大家都住嘴，但也更加讓小樊不敢說話，他僵在原地，身子不停發抖，小滿本來想上前安撫，可是他卻下意識的躲開。

小滿即刻止步，回頭看了厲心棠一眼，妳去。

突然接到命令的厲心棠還是很機靈，她謹慎的起身，先朝高淳樊招了招小手，然後她逕自挪到落地窗前的單人沙發去，招呼他過去。

高淳樊看著她，沒有動作，這時小滿即刻起身走到高亦豐身邊去談話，她請他們夫妻交代一下這位姐姐的情況……她其實是刻意把人帶離現場，好讓男孩覺得自己並非在風暴中心。

聽著餐廳那邊的爭論，小樊明顯鬆懈下來，正首再看見厲心棠時，她手上已經拿著三顆巧克力糖了。

「來。」厲心棠用嘴型說著，又比了個噓，搖搖手裡的糖。

男孩雖然還是戒愼，不過終於拉近了與她的距離，厲心棠伸直手要放下糖，孩子趕緊伸手接住。

「噓。」她再次比噓，因爲從進門開始放眼望去，她沒看到這家有一包零食，猜孩子應該很想吃吧。

高淳樊趕緊把巧克力塞入口中，巧克力總能帶來愉悅，孩子禁不住開心的笑了。

「姐姐昨天被關在外面喔？」厲心棠直接問，連拐彎都沒拐。

高淳樊點點頭，「媽媽不給她飯吃，把她關在外面。」

「爲什麼啊？」厲心棠咬了咬唇，「犯錯了嗎？」

高淳樊歪了頭，停頓了好一會兒，「因爲是被領養的。」

咦咦？厲心棠可傻了，原來這個家有領養孩子啊！但她眼尾餘光瞧見了沙發後的爺爺，他微蹙著眉朝她搖了搖頭，嘴型說什麼她看不懂。

「所以姐姐很常被欺負嗎？」厲心棠再問。

孩子更用力的點了點頭。

厲心棠轉了轉眼珠子，她站起身環顧四周，這家就是一個正方形，卻沒瞧見另一個女孩的身影。

「姐姐在哪裡？」

高淳樊遲疑幾秒，小手最後指向了自己的房間。

厲心棠即刻走向他的房間，她的動作引起大家的注意，潘瓊雯停下解釋，看著陌生人走向她兒子的房間。

「喂，妳幹什麼？」

「小樊說你們還有個領養的姐姐，卻在虐待她是嗎？不給她吃飯、又關在外頭？」厲心棠站在了房門前，『我想看一下這個可憐的孩子。」

「領養？」小滿又怔了，「你們有領養孩子？」

沒有紀錄啊！

「沒有！厚！我就說了，那是他假想的朋友！」高亦豐氣得說不出話來，拉住了妻子，「妳讓她去看！越阻止他們就越覺得有什麼，妳去看！去——」

「爺爺有看見姐姐啊！」小樊緊張的喊著。

大家看向爺爺，爺爺卻避開了大家的眼神，厲心棠深呼吸後，依舊等待小滿的首肯後，敲了敲房門。

「姐姐，您好，我想進來看一看妳好嗎？」

「呿！」潘瓊雯嗤之以鼻的哼了聲，「裝模作樣。」

房內沒有聲音，厲心棠還是沒直接開門，再敲了兩聲，「我是來幫妳的，我叫棠棠。」

「厚，妳就直接——」潘瓊雯打算走過來，直接把門打開。

喀噠，說時遲那時快，門開了。

潘瓊雯當場僵在原地，她是親眼看見兒子的房門喀的開啓，小滿倒抽了一口氣，下意識瞄向了展哥。

如果眞的有沒登記在案的孩子受虐，這事情可就更不一般了。

但是她沒有注意到高氏夫婦蒼白的臉色，潘瓊雯朝老公看了一眼，高亦豐立即回以微幅的搖頭——門剛剛自己開了？

「我進來囉！」厲心棠輕聲說著，回頭再看小滿一眼，伸出左手做出阻止狀，她覺得她一個人進去就好。

閃身進入房間裡，厲心棠便反手關上了房門。

老實說，這五坪大小的房間一眼能望穿，她，沒看見任何女孩。

「小樊的姐姐？」厲心棠人還站在門口，背貼著門板上喚著。

右手邊的書桌下，床下都有空隙，孩子是躲在那邊嗎？左邊的衣櫃裡也不小，躲個孩子不成問題對吧？

她小心翼翼的踏出步伐，期待著回音，書桌與床呈九十度，地板上鋪了軟墊，上面有許多玩具跟故事書。

然後，她見到床底的影子，好像是有誰怕被發現似的縮回了腳，卻造成了光影。

「請不要害怕，我不會傷害妳。」厲心棠不想嚇到孩子，所以不急著蹲下來，而是逕自走到軟墊上，「如果妳不想出來，那我們就這樣聊天，好嗎？」

床底下的孩子沒有給予回應，厲心棠的腳尖踢到了軟墊上的玩具，有顆球就這麼朝床底下滾了進去。

「啊，對不起！」厲心棠下意識的趕緊趴下，伸手抓向了那顆球——一隻小手更快速的伸出，抓住了那顆球。

她嚇了一跳，看見那隻滿是瘀青又枯瘦的手，上頭甚至還有傷痕！

難道，被虐待的不是小樊，而是這個姐姐嗎？

厲心棠微顫的伸出手，試圖接近女孩的小手，她只是想要……想要給她一點點溫暖……

「啊──」後背突然一陣劇痛襲來，讓厲心棠措手不及，她整個人趴上了地板！

緊接著是腹部的痛楚，接二連三，痛到她叫不出聲的時候，恐懼湧進了她的腦子裡！

哇──她感受到前所未有的恐懼，她是眞的在害怕，慌亂的奔跑著卻跑不穩，重重摔在地上，接著有人一腳踩上她的背部，扯住她的頭髮就往後拖，什麼東西都往她身上招呼，好痛！很痛！

她被狠狠摔上了牆，背部一再遭受的痛楚是這樣來的，厲心棠感受到無力的癱軟，眼前一雙大腳走來，她模糊的雙眼可以看見自己好小好小的手，然後眼睜睜看著那隻腳直接踢中她的臉！

不要！住手──好痛！眞的好痛！

接下來的景象是混亂交叉的，有刀子割開自己的皮膚、有鐵鎚敲擊頭顱，厲心棠完全措手不及，她唯一能感受到的就是錐心刺骨的痛，發自內心的恐懼與慘叫，最後有隻手究然從自己後背穿透了身體，隨之而來的便是撕裂般的痛楚。

不不不！她像是摔倒了，撞上了牆，慌亂的尋找出口想奔出，卻發現一伸手四面都是牆！

這是哪裡!?

她咬著牙倉皇回首，卻什麼都看不見。

「等等……」她這個身體喊著，發抖的伸出右手，「你這樣是不可以的，這裡是——」

餘音未落，一股力道抓住了她的右手臂，活生生扯了下來。

「啊啊啊啊——」

太痛了！這已經超出了錐心刺骨，她之前也受過傷、遇過很多事，但這種痛眞的都快要讓她的心臟痲痺了！

「棠棠！厲心棠！」女人的聲音穿透著耳膜喊著，拼命搖晃著她的身軀。

「怎麼回事？」隱約中有男人的聲音跟著傳來，伸手抓住了她的肩頭。

溫暖從肩頭疾速傳遞，厲心棠全身肌肉都緊繃到極致，仰著頭的她用一種可怕猙獰的神情定格，雙眼瞪著天花板，她白晰的頸子下乃至於臉頰，都因過度用力導致青筋泛出。

「厲心棠！」小滿慌張但沉靜的搖著她，用溫暖的雙手捧住她的臉頰。

她跪在地上，仰頭向著天花板，小滿就站在她面前，但是她知道……厲心棠沒有在看她！她翻了白眼，黑色眼球幾乎不存在！

「怎麼會這樣？她有癲癇嗎？」展哥第一反應是這個，「我先叫救護車。」

門口的高氏夫妻都傻了，跑過來的小樊站在門口，緊緊皺著眉，很想跑進去，卻被潘瓊雯一把抱住。

「我沒事。」仍舊繃著身子的厲心棠突然開了口，虛弱到只有站在她面前的小滿聽得見，「不必……叫救護車。」

下一秒，她直接倒進了小滿懷中，全身虛軟的偎在她身上。

小滿趕緊抱住她，豐腴的她恰好能給厲心棠柔軟的依靠，小滿跟著跪上地，好穩穩的抱住厲心棠。

「眞的……不必叫救護車嗎？」高亦豐相當緊張，「她臉色很難看耶！」

厲心棠喘著氣，有氣無力的搖頭，「我眞的沒事，吃點甜的東西，對我會有幫助。」

她是有，就在包包裡……

「有甜食嗎？」小滿立即反應，「小朋友，你有糖果嗎？」

小樊一愣，正被媽媽抱住的他抬起頭看向潘瓊雯。

「我去拿。」潘瓊雯鬆開手轉身離開門口，小樊趁機又想進入房間，高亦豐又把他逮了回來。

小滿擔憂的拍著厲心棠，展哥也蹲下身查看她的狀況，現在的她看上去很平常，只是顯得非常非常疲憊。

「我沒事的。」她朝著眼前的警察微微一笑，伸出了手。

展哥不明所以，但還是用力的握住她的手。

欸……好溫暖，她泛起淡淡的微笑，還是警察先生最可靠啊！

小滿藉機左顧右盼，打量著高淳樊的房間，他們剛剛在門外爭論時，突然聽見房間傳出來的慘叫，她第一時間反應要衝進來時，門居然打不開！還是警察上前才開啓的。

進門後就看見仰天長嘯的厲心棠，她的姿勢好可怕，全身都在用力，淒厲的慘叫著，用力到她覺得厲心棠的頸子再伸長些，皮膚就要裂開了。

潘瓊雯拿來運動飲料，這倒是個好東西，展哥接過後爲厲心棠打開，她即刻猛灌了起來。

「所謂的姐姐呢？」展哥早就打量過這間房間了。

他站起身，這怎麼看都是只有一個孩子住的房間吧！就一張床一張書桌，怎麼還會有其他孩子？他繞了半圈，留意到了衣櫃，總不會被關在衣櫃裡吧？

「姐姐在床底下！」高淳樊突地掙開父親的手，衝進了房間。

床底？警察即刻到床邊趴下，但床底下除了衣物箱外，他沒有看到任何人影。

趴在地上的他抬頭，與小滿交換了眼神，沒有。

「沒有其他人。」厲心棠終於吁了口氣，「我一進來開始就沒有看見其他孩子。」

「誰說的，姐姐就在裡面！」小樊氣急敗壞的跑過來，推開展哥，趴在床底，「姐姐，來！」

他朝床底伸長了手，這一幕看得高亦豐眉頭緊皺、潘瓊雯揪緊了一顆心。

小小的手搭上高淳樊的手，他用力的握住，然後退著身子挪出個空間，好讓姐姐爬出來。

小滿看著他空空如也似的手掌，真的好像握了這麼一個人，然後小心翼翼的把她帶出床底下……她再度與警察交換眼神，這個孩子只怕不僅僅是單純的妄想而已。

他有幻覺。

「小樊！」潘瓊雯踉蹌的走了進來，不可思議的一把拉過了他，「你在說什麼！」

「姐姐就在這裡啊！」高淳樊不肯鬆手的拉著女孩的手，「你們不給她吃飯、也不讓她睡覺，她明明就是我的姐姐！」

「這裡沒有人啊！」潘瓊雯崩潰的尖叫出聲，蹲跪在孩子面前，「你清醒點，我們沒有看到誰啊！」

「沒有？」高淳樊愣然的轉過頭去，望著手牽著的方向。

「沒有人！」高亦豐也緊張的走了進來，直接往姐姐的位子一站——這麼一站，卻把姐姐撞了個踉蹌，「你看到沒！什麼人都沒有！」

「你撞到她了！」高淳樊尖叫著，趕緊轉身想去地上把摔倒的姐姐扶起來，但卻一把被潘瓊雯拽住。

「你瘋了嗎！這是怎麼回事？」她驚恐的看向小滿，「我的孩子怎麼了？」

小滿示意她冷靜，但潘瓊雯完全冷靜不了。

現場頓時吵成一團，已經能行動自如的厲心棠則退到旁邊，曲膝坐著，慢慢的把手裡的飲料喝完。

孩子沒有說謊。

現在虛弱的她完全可以看見，那個驚懼不已、被撞到踉蹌的乾瘦女孩，她穿著一身髒污的粉紅色運動服，正爬離高亦豐的身邊，想離大人們越遠越好。

她全身沒有一處好地兒，身上新傷舊傷遍佈，手腳的骨頭看得出有些問題，像是錯位或是骨折過而癒合，最可怕的是那如同骷髏般乾瘦的身體與臉頰，她真的沒有吃飯的樣子。

這個家沒有什麼被領養姐姐。

但是，只怕曾經有個被領養的姐姐，在這間屋子裡被虐待至死。

第四章 不速之客

清晨六點，寧靜街上的各式夜店紛紛關閉，醉酒的客人三三兩兩的上車返家，清潔隊員開始清掃街上的亂象，夜店員工也進入清掃時間，早點掃完，人人都能早點回去休息。

「我們要不要考慮再管控進場人數啊？人多到我有點不舒服。」俊美無雙的金髮男人在吧台內俐落的調酒，「而且最近素質越來越差。」

「素質才是關鍵吧？人數我們一直有在控制，狼人下週要來，票都搶購一空了會更可怕。」臉色死白、穿著日本和服的雪女挨近了吧台，「我也要一杯，德古拉。」

德古拉回首瞟了她一眼，同時遞上了雪白的飲品。

她微微一笑，輕輕對著高腳杯吹氣，一瞬間，杯子邊緣出現淡淡冰晶，透心涼的冰飲現身。

「等等大家都來領喔，人人都有一杯，這幾天真的太操了。」德古拉其實滿臉不耐煩，這就是放暑假的關係吧。

外頭走來削瘦且西裝筆挺的身影，女人有著中性氣質，紮著的長尾巴幾乎要拖地，腳上的皮鞋擦得晶亮，正巡視著閉店後的混亂。夜店的地板現在一片狼藉，但許多缺胳膊斷腿、爆頭或是全身焦黑、全身水腫的亡者們以極速的方式清掃著。

「你們這些根本不會累的人，有什麼好抱怨的？」拉彌亞微眯起眼瞄向塞在吧台前的各種鬼怪，「我也要一杯。」

「精神的累懂嗎？應付這些人類眞的會有職業倦怠。」德古拉將手裡的紅色飲品遞向雪女，需要她的冰鎭。

「這麼多美女投壞送抱，還挑啊！」雪女懶洋洋的抱怨著，「像我要閃那些男人才叫累好嗎！還得維持笑容，最重要的是——」

不能動手。

「不考慮敞開心扉嗎？說不定眞的會遇到一個好男人。」德古拉認眞的勸告，「妳不能因噎廢食啊！就因爲遇到一個不守信的男人就這樣封閉自己。」

「你有資格說我嗎？每個女人在你眼裡都是食物。」雪女不客氣的回懟。

德古拉挑了挑眉，「不好意思，妳會對一碗飯有感情嗎？」

拉彌亞站在一旁默默喝著她的特調美酒，懶得理這些日常抬槓，望向夜店進出口的金色鏤空屛風，兩個穿著燕尾服的陽光正太總算繞了進來，他們兩人手上均抱著盒子，盒內有兩格，一格放金色手環、一格放銀色手環，這些都是進入夜店時的門票象徵。

每個人手腕上在進場時都必須戴著這只手環，絕對不能取下，因為這間「百鬼夜行」夜店，裝扮成妖魔鬼怪的服務人員其實是本色演出，裡面真的是「百鬼夜行」，一樓供人類客人、二樓則是非人類的場所。

這是首都R區的精華地帶，寧靜街上越夜越美麗，到處都是繁華的ＰＵＢ，而位在街尾路衝的位置，有棟如中世紀城堡般的建築：「百鬼夜行」。

這是寧靜街最知名的夜店，一棟三層樓的建物，外觀用木板裝潢成古堡模樣，整棟樓閃爍著陰森的光芒，大門還是張血盆大口的形狀，上方是染血的尖牙，而這大嘴上頭，掛著的卻是中國風的破敗牌匾，清楚的寫著「百鬼夜行」四個大字。

服務人員都裝扮成各式鬼怪，客人們也熱衷於扮裝入場——只是這間店的店員，真的全部都不是人。

「沒有缺少！」可愛的正太們蹦蹦跳跳的進來，把盒子送到拉彌亞身邊。

拉彌亞的神情略微放鬆，每天最重要的就是這件事，所有的手環都繳回，才代表客人全數離開，而且沒有客人在店裡受害。

只是要進入「百鬼夜行」的客人，妖魔鬼怪不能出手傷害人類、不能捕食，而人類不能在店裡進行非法交易，只要戴有手環的，不管什麼族類，全部都是客人。

「放心好了，我沒聞到任何人類的氣味。」德古拉朝著正太們招手，吧台另一邊已經爲他們準備好飲品，「喝完快去睡吧，夏天天亮得早，你們年紀還輕，禁不起的。」

「我覺得還好啊！老大設的結界很好，不靠近門邊都沒問題！」正太開心的拿起酒杯一飲而盡，「而且我已經一百五十歲了！」

旁邊那個還不滿一百歲的沒敢吭聲，默默的喝著，反正這裡頭的妖物群中他最小。

一百五十歲也敢吱聲？德古拉揮揮手，打發他們快去休息，就算老大把結界與防護設得再強，吸血鬼還是需要血液與黑暗滋養的。

不過他今天倒不急著去地下室的棺材，而是優雅的夾著酒杯，朝著三樓走去。

「你今天不急著去睡喔？」雪女拉起裙襬小步跟上。

「我好久沒見到棠棠了，她今天休假，我想多跟她聊會兒天，至少吃頓早餐。」德古拉劃上溫和微笑，「我總覺得她最近忙到我都見不到人。」

雪女眼神略微黯淡，「別說你了，我們都是，她接觸外界後，生活越來越倚重外面了！便利商店選大夜班打工、現在又跑去當什麼志工，說要瞭解弱勢族群。」

其實大家都心知肚明，這一切跟那、個、男、人有絕對的關係。

突然出現在大家生活裡的男人，一個能看得到亡者、磁場特殊的傢伙，棠棠好像特別的……喜歡他。

每個人都可以感受到那傢伙身上的氣息與常人不同，他的確非常容易被亡者纏上，因爲極陰，又眞的看得見，許多有意見或是需要幫助的亡者，自然會找他幫忙……當然，惡鬼們也會主動找他麻煩。

所以闕擎整個人相當陰陽怪氣，因爲他希望與世隔絕，只要採取裝死，不聽不看不聞就好了……人類有時想法很簡單，磁場這玩意兒不是你開無視就沒事的。因爲魍魎魑魅，還是能感應得到啊！

來到二樓大廳，二樓是專門提供給非人的場所，現在卻是乾淨整齊，倒不是他們比人類乾淨，而是因爲具有能力，只要願意的話，臨走前要把場地恢復原狀相當迅速，因此二樓舞廳隨時隨地都可以維持一定的整齊度。

磅！樓上突然傳出了關門聲，伴隨著急促的腳步聲，女孩從小房間衝出，拎著背包跟小袋子一路往二樓。

「早安！」她滑步進二樓時，立即錯愕，「德古拉！哇！好久不見！」

一邊說著，厲心棠滑步衝向他，德古拉開心的張開雙臂，立即將女孩抱了個滿懷，還沒忘抱離地轉了個圈。

雪女挑了眉，演眞大，「不是每天都會瞄個兩眼嗎？」

「那不一樣！好久沒跟棠棠好好說話、吃頓早餐了！」德古拉放下女孩，「妳瘦了喔，棠棠。」

「我在減肥！」把包包往沙發上扔，抬頭看向天花板，「我要一號餐，跟牛肉漢堡！」

「吃這麼多？」德古拉有點驚訝，「這份量是妳平常的兩倍啊！」

「沒有啦，漢堡是給闕擎的！」她自然的跳上沙發，「都要八點了，你怎麼還沒去棺材睡覺？」

外帶早餐給闕擎？德古拉瞇起雙眼打量著厲心棠，「因爲妳今天休假，我在等妳。」

「噢！」厲心棠窩心得雙手交疊擱在心口，「但我今天有事要忙，沒辦法陪你耶！下次好嗎？」

嗯哼。德古拉挑了挑眉，碧藍色的眸子裡絕對透露著不滿，他周邊的空氣都變了，薄唇揚起的嘴角比雪女四周還冰冷。

但是這份冷洌，全世界只有厲心棠看不出來。

「早餐也要外帶給闕擎嗎？」雪女火上加油，「約好一起吃早餐？」

「嗯，這是我的打算啦！但遇不到他的話我就會吃掉。」厲心棠接過德古拉遞來的牛奶，「我有事要請他幫忙，得巴結著點。」

「是嗎？」德古拉依舊皮笑肉不笑，「我聽說那小子不吃我們店裡的食物。」

「現在吃了喔！他說餓死鬼做的菜一流。」厲心棠刻意大聲對著天花板說，這樣餓死鬼應該會做得好吃一點。

雪女低低笑了起來，「我們棠棠現在都在外面了，見妳的時間已經很少了，好不容易放假還是要跟闕擎出去玩啊……」

厲心棠一口氣把牛奶灌完。

「我沒有疏遠你們啊，我每天不是都回家……哎唷，我是眞的很忙！我現在有義工的事要做……」說著，天花板落下食物，她早備好了保鮮盒，打包就走，「我沒空跟你們多說，休假很寶貴的。」

她一邊說，一邊衝出去，卻差點撞上上樓的拉彌亞！拉彌亞一把抓住她的手臂，緊張的皺起眉。

「這麼急，在忙什麼？」拉彌亞嗅了一下，臉色略變，「妳別往危險的地方去。」

「我沒事，我要去找闕擎了！我在查事情！」她拍拍拉彌亞，「我走囉，掰掰。」

三步併作兩步的跳下階梯，女孩衝下一樓，進入後門的走廊，天花板那些盤據的亡靈們發出哀鳴，象徵著有人出入，直到聽見後門關起，拉彌亞才正首繼續朝二樓走去。

「別那張臉，早知道的事不足嗎？棠棠是人類，你不可能永遠把她關在店裡。」拉彌亞連正眼都沒瞧德古拉一眼，還殺氣騰騰的咧！

「如果她讓我管，我會把她永遠鎖在一個地方。」德古拉說得煞是認眞。

「那你得先跟老大或是亞姐打一架，他們才是撿到她的人。」雪女幽幽的說著，「小女孩長大了，就會出去接觸外面的世界，她是人類啊，跟我們不一樣。」

「其實沒有什麼不同，我們都經歷過，更多更難受的事。」德古拉略微皺眉，「我以爲大家不希望孩子遭罪。」

「被保護的花反而禁不起一點風雨，你們注意到老大他們爲什麼最近都不在？應該是採取眼不見爲淨了吧！」拉彌亞心知肚明，「讓棠棠去碰撞、去受傷，去歷練——說到這個，你們沒發現棠棠身上有奇怪的氣息嗎？」

「有啊！好像被什麼纏上過！」雪女聳了聳肩，「她有點虛弱，但是應該是故意不跟我們說吧。」

不管被什麼纏上，反正那玩意兒進不來「百鬼夜行」，一進來他們門口就有食魂鬼可以將它吃乾抹淨。

「她不是要去找闕擎嗎？」德古拉也回得理所當然，「那小子會處理吧？老大交代過，不能干涉棠棠的涉險。」

原話是：沒到死亡這刻，誰都不能插手。

放下手環盒子的拉彌亞微怔，她轉頭看向同伴們，嘴角揚起一抹莫可奈何的笑容。

「是啊，她要去找闕擎。」

都沒有人發現到，這其實是對闕擎的一種信任嗎？

厲心棠愉快的騎著腳踏車，離開長長的寧靜街，上班時間，馬路上的人車都活躍起來，與寧靜街這條夜店街形成了相反的姿態，她在馬路上騎了好一會兒，在一個路口待轉，接著朝左轉進另一條大路，那條路是上坡路，坡度會越來越陡，也越來越安靜，遠離了喧囂。

她人都得站起來才騎得動，好不容易騎到了最高處時，馬路再度趨緩，她才坐回椅墊上喘口氣。

兩旁的樹木越來越密，這一帶的高樓也漸少，屬於半山腰的舊住宅區，但其實房價不低，因為環境清幽，都採小別墅的模式，最高樓也不會超過十樓；右手邊出現許多如鄉間小路的小巷，厲心棠瞧準一條枝葉茂盛的路口後朝右轉，滑進了一條僅夠一台汽車通行的巷道裡，一路騎到深處。

終於在穿過許多古老的樹木後，看見生鐵雕花大門，還有立在旁邊的牌子：「平靜精神療養院」。

車頭抵著鐵門，她試圖推了推門，門果然還是上鎖狀態。

「又鎖上！怎麼這麼不親切！」她下車在門邊找了一圈，連電鈴都沒有，「有夠不好客的耶！」

索性把車停在門口，拿鎖把車子跟大門鎖在一起，然後揹妥背包，直接爬上這道鐵門，翻了過去。

動作極其靈巧俐落，好歹在「百鬼夜行」裡長大，所有的妖魔鬼怪不僅是她的家教老師，也是她的體育老師嘛！雖然她沒辦法像亡者一樣穿牆或是飛天遁地，但在有限的範圍內，還是能練練身體的。

翻門後就是滿是落葉的小徑，熟悉的新古典建物已經在左前方，她愉快的奔跑過去。

「請站住！」

這棟主建物還得朝上走九個階梯才能到門口，果然還沒跑到，樓梯上就已經有白衣天使在等她了。

「嗨！」她打著招呼，「我找闕擎！他來了嗎？」

「大門是鎖著的，妳是怎麼進來的？」護理師深吸了一口氣，「妳不能這樣擅闖。」

「我……可是你們沒電鈴啊！」她咬了咬唇，「我有急事找闕擎，我都認得妳了，我們上次見過啊，妳也認得我跟闕擎吧？就是黑色頭髮，長得很高冷，五官很好看，耳機永遠戴在頭上那個男生！」

「這裡是療養院，小姐，不是觀光地。」護理師擰起眉，走下樓梯，「要找人也找錯地方了，請妳離開。」

「不是……他不接我電話又不回我訊息，我是真的有事要找他！」厲心棠趕緊解釋，「但我不知道我哪裡犯到他了，之前他都會回我的啊！」

護理師嚴肅的請她離開，人都站到她身邊了，接著建築物裡走出更多護理師，大家都用一種不悅的神情看著她。

「我……闕擎！闕擎——」她扯開了嗓子，「你在嗎？你在的話回答我！我是眞有事要找你！」

「小姐！噓——」護理師緊張得差點要摀住她的嘴，「請妳不要嚇到患者，他們有人不能接受刺激的！」

嗯？三樓一個坐在窗邊的男子放下手裡的書，扭頭往窗邊望去，他的床邊就是窗子，可以看見外面的藍天綠樹，還有……喔，樓下那個女孩。

「嗨，又見面了……」他在窗內揮揮手，喃喃自語著，「妳有沒有替我向妳叔叔問好呢？嘻……嘻嘻……」

院內病患聽見了喊叫聲，有些驚恐不已，有些目露凶光，護理人員疾速的安撫處理，對於樓下突然發出的叫聲非常不解。

啊……厲心棠趕緊摀住嘴，看著護理師的眼神，她也知道自己過分了！

「對不起，對不起，我過分了！就是……我不知道能怎麼辦，我只知道他在這裡當義工，其他是眞不知道。」

義工？護理師們一怔，大家交換著神色，闕先生什麼時候是義工了？不過他對這女孩，也早有交代。

「呃……現在才九點多，妳要找人也太早了！」

「啊？」太早了嗎？厲心棠緊張的嚥著口水，她迫不及待啊！「不然……我不進去，那邊有幾張桌椅，我可以坐在那邊等他嗎？」

「不行。」上方年長的護理師出聲，厲心棠抬頭看去，那位她之前也見過！「這裡不是玩的地方，為了維護安全，我們不能讓外人這樣任意進入。」

「但我真的找不到地方找他了啊！」厲心棠近乎懇求的說著，「我不吵不鬧，就是借坐？」

「別逼我報警。」年長的護理師冷酷的說著。

厲心棠哎唷了聲，但沒有繼續瞎鬧，而是拖著不情願的步伐往門口走去，剛剛最先出來的護理師陪著她往外走，得好好開門送她出去，不能讓她再爬牆了。

而七樓的窗邊，男人往下看著消失在視線中的身影，窗櫺旁的手緊緊握拳——如果厲心棠會這樣就放棄，她絕對不是厲心棠。

深呼吸，再重重嘆口氣，他當初就不該進「百鬼夜行」！

抓過外套，他終究打開了門。

砰！沉重的鐵門關上時的聲音令人膽寒，厲心棠嚇一跳的退後，因為這個護理師剛剛關門時，差點把門砸上她鼻尖了。

「我在門口等，不妨礙誰了吧！」她坐上自己停好的腳踏車，「我在這裡……休息一下，吃早餐。」

門口的地也是屬於療養院的，但護理師沒有空在這邊跟她閒聊，只要讓她離開療養院範圍就好了。

厲心棠翻出自己的早餐，逕自坐在腳踏車上吃，她是真沒輒了！

說實在話，她到這邊堵闕擎不是第一次了，明明知道他在這裡當義工、或是他有家人在這裡，但每次來堵也都沒遇到，真的好難！她平時只有在門口等，想著不管怎樣總會出入吧！

當然也有可能她就是這麼倒楣，剛好沒遇到他來這裡、或是其實療養院還有別條路進出，所以今天她才會想直接進去找人！

剛剛一急之下就胡鬧，厲心棠握拳搥了自己的頭，太不該了，還是要找機會好好道歉。

只是闕擎突然不理不睬，這點真的太奇怪了……之前再怎麼嫌她煩，還是會回個訊息或是出面的啊。

飯糰一口一口往嘴裡塞，塞得兩個腮幫子都鼓鼓的，無神的她呆坐在車上，直到聽見耳邊傳來了踏葉聲。

嗯？她向右邊看去，隔著那扇鐵門，瞧見自裡頭走來的高瘦身影，黑色頭髮、黑色耳機、全黑裝束，一張高冷貴公子的臉龐，厲心棠瞪圓了眼——闕擎！

他果然在裡面！

「約贏！」她口齒不清的喊著。

「妳夠了沒？追到這裡來是什麼意思？」闕擎毫不客氣的劈頭就罵，「打從妳介入我的生活後我已經夠亂了，不能還我一絲清靜嗎？」

嗯？厲心棠愣住了，她的手都已經握在便當提帶上，那是她帶來要給他吃的……

「我就不該帶妳來這裡，我不是沒想過妳會跑來找我，但這樣眞的太過分了！我跟『百鬼夜行』間的契約是一回事，但我沒欠妳什麼，厲心棠！」

他因爲極易被亡者纏身，而厲心棠需要他的協助，所以闕擎才跟「百鬼夜行」簽定合約：他協助厲心棠處理閒事，就可以換到多次機會，將麻煩的亡靈引到「百鬼夜行」！

厲心棠好不容易吞下食物，一臉錯愕的看向他，「我是眞的有事想……」

「我還有好幾十次使用『百鬼夜行』的權益，我現在不缺！」闕擎驀地把手從欄杆裡伸出，一把抓住厲心棠的衣服往前拉，「請妳以後不要再來煩——」

這是什麼？

在他抓住厲心棠的衣服瞬間，黑氣因他的揪領而散開，他才發現今天厲心棠穿的不是黑色外套，而是紅色的外套嗎？

「妳去沾上了什麼東西？」闕擎皺起眉，看著包裹著她全身上下黑氣，伸手一撥，居然唰地鑽進她的衣服裡。

「什麼？」她趕緊摸摸自己的臉，飯粒沾上了嗎？

她都還沒反應過來，闕擎的手突然箝住她的下巴，左右扳動臉頰，她的頸子上浮現像整片瘀青血絲。

「妳最近去碰了什麼？」他再問，接著鐵門嗶的一聲就開了。

這開門聲又嚇了厲心棠一跳，闕擎大步走出，不客氣的扳動她頸子，接著撩開了長髮，看著青紫色的頸子一路往下，跟著扯了扯領口。

「喂喂喂！」厲心棠愣住但沒有阻止，「這個比讓我受傷嚴重，你小心被殺掉喔！」

「不痛？」他三根指頭往她頸子上壓。

厲心棠疑惑的搖搖頭，跟著往頸子上摸，「我有受傷嗎？不痛啊！」

闕擎沒說話，再查看了她另一邊的頸子，一模一樣的狀況，但是她卻不會疼。

「妳找我做什麼？」他總算問了。

「喔喔喔！我之前跟著社福單位去看一個疑似受虐兒的家庭，結果小朋友說他有個姐姐受虐，但那個小姐姐不是人！知道那邊發生過詭異的事情！」她焦急得一雙眼閃閃發光，「而且我還被亡者感染了痛苦的感受，那裡絕對發生過可怕的事情，痛得我都快死了……」

「果然……妳不只僅僅感受到而已，是沾上了！」闕擎後退一步，看著厲心棠身上那隱約的黑氣，這是附上去了嗎？「不過這種玩意兒能進你們店裡？」

「我？不可能吧！」厲心棠低頭打量自己，「不是我在自吹，但有鬼敢上我的身的話，會很慘吧！」

「我也這麼覺得，所以——」闕擎搖搖頭，轉身往裡頭走去，「在這裡等我。」

「咦！」厲心棠立即伸手抓住他的外套，「別走啊，我需要你幫我！」

闕擎深吸了一口氣，回頭瞥了她一眼，「我去牽車。」

「噢……」她這才放心的鬆手，深怕他又跑掉了。

看著闕擎走進去，她心安了不少，至少他願意出面了……果然人就在裡面，話說回來，他應該眞的是有親人在裡面吧？不然怎麼會這麼早來？

趁機拿出手機打開前鏡頭，照著自己的頸子……看起來很正常啊，爲什麼闕擎一臉嚴肅？不過他說的像是有東西纏上她，這的確有可能，不過只要她有回家，就算是厲鬼，也沒膽子在「百鬼夜行」裡放肆啊！

幾分鐘後，闕擎果然牽著腳踏車出來，厲心棠一臉喜出望外，趕緊遞上便當，「牛肉漢堡，特地帶給你的。」

闕擎低首看了眼，沒說話的接過。

「所以妳感受到了什麼？」

「所有的虐待，複雜重疊到我沒辦法說明，總之就是被打、被揍、被摔、被割，還有被撕裂……被撕開眞的太痛了！我之前感染過許多亡者的情緒與感覺，但就沒這麼痛過！」厲心棠沒注意到她回憶時，手都開始顫抖，「那個痛眞的讓我心臟都快停了，全身用力到肌肉都要繃斷……我被喚醒時整個人全身都是僵硬的，小滿姐說我叫得好淒厲。」

「小滿姐？」又是沒聽過的人，「社福單位又是什麼？妳換工作了？」

「沒啦，小滿姐是社工，帶我的人，總之我去當義工了！我看你到精神療養院來當志工，所以也想找個地方體驗看看！」她說得非常誠懇，一雙眼閃閃亮亮，「我接觸到了好多弱勢孩子與家庭，突然明白為什麼你這麼做了！」

闕擎擰眉，他當義……誰當義工啊！

不過他沒澄清，沒有必要，她愛怎麼想就怎麼想吧，這樣想也比較好。

「所以妳去了家訪，那間屋子裡有不乾淨的東西，妳感受到亡者的痛苦與情緒——然後？」他依舊是面無表情，「凶宅？或是……」

「如果這麼簡單我就不必找你了。」厲心棠咬了咬唇，「不是凶宅，我查過那間屋子沒出過事，但屋主的孩子一直看得見某個女孩，他甚至認定那就是他姐姐，還有故事背景。」

闕擎神情嚴肅了些，「被打被揍的是那個女生嗎？」

「不知道，我只能感受我被狂打，什麼都看不清，不過有看見自己的手像孩子一樣，但我有看見那個小姐姐。」想起來厲心棠心口就堵得慌，「那個女孩像難民似乾瘦，手腳都有骨折但強硬癒合的痕跡，所以腳扭曲不正常，走路也不順，全身上下都是傷，那戶人家的小孩認定這個小姐姐是他家領養的，還說父母只疼他不疼姐姐。」

「但是其實父母親只有他一個孩子對吧！」闕擎深吸了一口氣，再看向厲心棠，「妳身上跟著是那個小姐姐嗎？」

「我身上沒有吧！」她又再次否認，「我才從店裡出來，你覺得拉彌亞會放過纏上我的阿飄嗎？」

「不會，但聰明的也不會跟著妳進店。」闞擎跨上腳踏車，皮笑肉不笑的衝著她說，「而那、個現在就眞的附在妳身上，妳覺得呢？」

「嗄？」她舉起右手再換左手，全身轉了一圈啥都沒看見……對，她不是陰陽眼，沒闞擎厲害，就是這樣才找他幫忙嘛！「你不要說的一副好像它在門外等我一樣，等我出來再纏上來嗎？」

往前滑兩步的闞擎回頭，給了她今天第一個笑容，他的確是這麼認爲。

但這抹笑卻讓厲心棠打了個寒顫……還眞的……眞的在外面等她？有這麼執著嗎？

這已經是針對性了吧！

還沒來得及再問，闞擎龍頭一轉，已經直接騎走了。

「喂……等等！等等我啦！」她趕緊跳上腳踏車，急起直追，「難道這是在小朋友房間裡的那、個嗎？它跟著我做什麼？爲什麼要針對我啊？喂！」

第五章 探訪

清脆天真的笑聲在遊戲場上響起，孩子們到處奔跑玩樂，在各種遊樂器材上開心玩樂，雖然不乏爭搶的行爲，不過這也是孩子們適應團體生活的必經過程。

「那個，穿吊帶褲的男生。」厲心棠坐在對街的花圃石圍上，指著一個正爬上樓梯要玩溜滑梯的身影，「高淳樊，父母都叫他小樊。」

小樊好不容易排隊要排到換他溜了，結果有個男生突然從後面扳住他的肩，直接往後拉倒！

「喂！」厲心棠氣得站起來，「怎麼這樣！」

闕擎皺眉看了她一眼，「妳激動什麼？」

「他們在欺負他啊！」厲心棠不滿的噘起嘴，「這不是第一次，那邊有三個男生很故意！」

闕擎咬下一大口牛肉漢堡，顯得非常滿足，不得不說「百鬼夜行」裡那個因飢荒餓死的亡靈，眞的有一手精湛的廚藝，生前沒得發揮眞的是太可惜了。

「這就是孩子間的事，他們自己會解決，難道妳要時時刻刻保護著嗎？」闕擎搖搖頭，「他身上比妳還乾淨，先想想自己吧！」

「那是霸凌耶，旁觀者也算加害者吧！」厲心棠不滿的說著，很想衝過馬路去阻止那些孩子。

「自己的事爲什麼還要他人出手？還理所當然？旁人爲什麼有義務要幫別人出頭或做事？」闕擎冷冷的反駁，「妳想去做可以去，但指責不出手的人有罪，這叫道德綁架。」

厲心棠氣岔的張大嘴，雙手緊緊握拳，「你怎麼能這麼說話！看見人家被欺負了，本來就該幫忙啊！你知道只要大家都出手，有時或許能救下一條命！」

「嗯哼，是啊，但出不出手不是該出自個人意志嗎！什麼叫『本來就該』？」闕擎冷漠的看著她，「妳愛去幫歡迎去幫，但嘴上說得再漂亮，妳也救不了全世界。」

「我幫一個是一個！」她怒氣沖沖的回身，準備瞅準時間穿越馬路時，上課鐘響，孩子們一一的離開遊樂器材，奔回教室去，這讓一股氣積在胸口的厲心棠頓時錯愕，不知道該怎麼辦的傻在原地。

闕擎愉快的吃著自己的早餐，她的情緒他不想理會，剛剛看著那個男孩，身上倒是乾乾淨淨，按照厲心棠所言，男孩如果跟那位「小姐姐」相處這麼久，還能這麼健康，也算不錯。

所以……那位小姐姐不是惡鬼的話，纏上厲心棠的又是什麼？

「哼！」她摸摸鼻子的坐了回來，刻意與闕擎間隔一公尺遠。

「不想說話嗎？行啊，我走了。」吃飽喝足的闕擎滿意的起身，厲心棠嚇得趕緊再拉住他的外套。

「喂！」

回頭輕笑，這女人不但沒有什麼原則，臉皮還很厚……看著揪住外套的右手，他略微嚴肅的蹙眉。

「妳的蕾絲戒指呢？妳爸不是說要隨身攜帶？」

「我爸……那是我叔叔！」她望著自己的右手，「有點髒，我拿下來洗了，結果就一直沒戴上。」

哦……搞不好就是沒戴上，才會讓那奇怪的東西有機可乘。

厲心棠是棄嬰，被一對非常奇怪的人養大的，明明就算是養父母，但硬要說自己是叔叔，大概是想過過「長腿叔叔」的乾癮；總之養大她的是「百鬼夜行」的老闆，他看不出他們是什麼，但百分之百也不是人類。

「如果按照妳說的，那個社區都很乾淨，附近也沒發生過什麼事，那只有一種可能——外來的。」

「啊！他們觸犯到了什麼嗎？冒犯到亡者，所以被跟上……」厲心棠思考著所有可能性，「也或許，他們眞的曾殺害那個小姐姐？」

厲心棠心頭一顫，該不會高亦豐夫妻真的曾經領養過哪個孩子，然後殺了她……再生下小樊吧？

「去看看就知道了。」闕擎起了身，「我去那戶人家走走。」

「咦？」厲心棠聞言立即嚇得刷白臉色，「我、我我……我再去一次嗎？」

闕擎難得露出微笑，「妳就不必了，妳負責問問看他們最近有沒有遇到什麼怪事！」

啊？厲心棠面有難色，她瞞著小滿姐做這些事的話，可能會被罵到臭頭……而且以後連義工都做不了了。

見她遲疑，闕擎也不逼她，他有該做的事。

「喂！等等啊你，他們家沒人在的話，你要怎麼進去？」厲心棠連忙起身攔下他，「難不成還按門鈴請小姐姐出來開門嗎？」

闕擎略挑了眉，給予肯定的眼神，厲心棠瞠目結舌，他還真想叫小姐姐出來開門？

「萬一……」她擔憂的還想說些什麼，卻發現闕擎沒在看她，而是朝馬路對面望去。

她跟著看過去，幹嘛說話這麼不專——咦？下意識的，她也舉起手來揮了揮，在對面小學的開放式圍牆外，站著一位面熟的銀髮爺爺，正朝著他們揮手。

「爺爺！您好！」奔過馬路的厲心棠立即禮貌的朝爺爺行禮，「這個是我朋友，闕擎。」

闕擎慢悠悠的踏上人行道，簡單頷首。

「他是小樊的爺爺。」厲心棠介紹彼此，「爺爺怎麼會來這裡？散步嗎？」

「我準備接小樊下課的，上下學都是我來接送。」爺爺慈眉善目的笑著。

接小樊放學嗎？厲心棠看了眼時間，現在也才十一點，爺爺來得可眞早。

「請問你們家現在有人嗎？我想拜訪一下。」闕擎倒是直接，「厲心棠上週在那裡吃了點苦頭，我想去看看有什麼化解的辦法。」

「啊……」對於闕擎的直接，爺爺完全傻住。

「他只是擔心我，因爲我在你們家……」厲心棠很想婉轉解釋，但眞的解釋不來。

那天的樣子的確嚇到大家了，連小滿姐都挑明了說她下次不能再去高家！她並沒有跟誰解釋那天她的情況，不過大家心裡多少有譜……再加上那天小樊煞有其事「牽著」小姐姐的樣子，這還不叫人心底發毛嗎？

「所以眞的有……那個嗎？」爺爺突然憂心忡忡，「我也會在家中發現一些奇怪狀況，小姐姐的事從小樊提起後我就順著孩子的語氣說，我以爲他有個假想的朋友，所以就依著他。」

「咦？所以爺爺你並沒有看見？」厲心棠呆住，那天小樊指著爺爺說過，爺爺知道的。

爺爺搖了搖頭，他看不見，只是小樊很認眞，他會跟空氣聊天，與空氣玩，或是一個人在房裡像聽故事一樣，他不想去毀壞孩子的想像世界，以及……

「奇怪的事是指什麼呢？」闕擎打斷了爺爺的思緒。

「東西會移位了，晚上會有奔跑聲，尤其跟零食有關的瓶瓶罐罐都會被打開，其實瓊雯也有注意到，有次餅乾桶從高處被挪下來後她就嚇得不輕，但我兒子卻認爲她只是夢遊。」爺爺輕笑著，他在這個家保持不多語，「但我知道，家裡有些什麼。」

厲心棠突然覺得爺爺心好大喔，「您不怕嗎？」

「嗯，因爲……好像沒有什麼傷害性，而且那個小姐姐似乎對小樊很好。」爺爺眼神略黯，但溫柔的回答著，「從小樊的語氣跟表現來說，他很依賴那個小姐姐，跟這個小姐姐在一起後，他平靜很多。」

厲心棠略爲皺眉，爲什麼爺爺話中有話？

「之前不平靜嗎？讓您不放心？」厲心棠小心的問著，「其實那天我有注意到，他好像很怕媽媽……」

「啊不是不是！妳別想到那邊去！」爺爺連忙阻止，「瓊雯絕對沒有虐待孩子，他是唯一的兒子，疼都來不及了！就是……我其實也不知道發生什麼事，他們小倆口脾氣變得很暴燥，家裡說句話都會吵架。」

爺爺緊張的從口袋裡拿出手帕，急得額上都滲了汗，揭起的T恤下叮叮噹噹，褲腰帶上繫了一個獅頭的鑰匙圈，看起來是旅遊紀念物，很特別的木雕。

厲心棠小心的觀察著爺爺的神色，高亦豐是他兒子，虐童的話，父親會坦護也是有可能的吧？

「我們也不是在找麻煩，畢竟小樊身上有傷，如果是孩子們一時情緒上來，因此用力過猛的話……」厲心棠試探的問著，爺爺卻緊張起來。

「真的不是！他如果有傷，可能……可能是……」說著，爺爺往學校裡望。

闕擎瞬間明白怎麼回事。

「他被欺負嗎？同學之間的打鬧……到什麼地步？」後面這句是問厲心棠的。

她用手比劃了一下，身子全部加上手上密密麻麻的點點瘀青，那可不像只是開玩笑弄傷的。

「孩子間打打鬧鬧總是有的，我們也不是沒談過，但小樊就說只是玩，我眞沒想到會這麼嚴重。」爺爺搖著頭，一臉無奈。

「這應該要處理吧！他都傷成那樣了……哪個小孩？等等我陪爺爺你去！」厲心棠義憤填膺的模樣，只讓闕擎搖頭。

「妳憑什麼？什麼身分？哪個單位？冷靜一點吧。」闕擎直接要她打消念頭，「我不太懂，所以你們沒有家暴，但孩子身上有傷，然後在停車場起爭執、在社區樓下大廳哭喊，然後半夜被人看見有孩子被關在陽台上？」

「這我也不知道！我幾乎都不在啊！至少把孩子關在陽台那是絕對沒有的事，小樊那天還是我幫他關的燈！」爺爺緊張的解釋，「絕對是有人看錯，或是有人認爲我們就是有在虐兒——」

或是，陽台的確有個可憐的孩子，但不是小樊，是小姐姐。

「事情有點奇怪。」闕擎說這話時，是看向厲心棠的。

她意會到的點點頭，明白闕擎的意思——她負責孩子，他去找那個姐姐。

爺爺說現在家裡沒人，但潘瓊雯中午會買午餐回來，應該可以去拜訪看看，如果她願意開門的話。

闕擎連聲再見都沒說，轉頭就回到對面人行道邊，騎著腳踏車前往高家了。

「沒事，他就是去看看，我朋友很厲害。」厲心棠挨在爺爺身邊，「我陪爺爺等小樊！」

「啊……」爺爺笑得有點尷尬，「好，也好……」

厲心棠也要順便看看，到底是誰敢欺負小樊？

便當重重的扔在餐桌上時，潘瓊雯右手同時打開冷氣，她熱得滿身大汗，再把手中的一袋菜擱到流理台上，先到電風扇前去吹吹風。

這種天氣眞的熱死人了，她多想吹冷氣吃冰，一個人舒服的窩在床上追劇……但是卻得要張羅家人的餐點，爸去接小樊回來時，爲什麼不能順手買回來，什麼事非得要她做？

隻手扠腰的站在電風扇前，又是沒來由的心浮氣躁，她就是克制不住這種煩躁，她討厭這樣的天氣、討厭被綁在這個家、討厭沒用不上進的丈夫、成天無所事事的公公，變得陰陽怪氣的孩子……居然說什麼家裡有姐姐？說是想像中的朋友也太離譜了！

潘瓊雯突然回頭看向四周，現在只有她一個人在家，她就會開始胡思亂想，加上那天社工帶來的那個年輕女孩，竟在孩子房間發出嚇人的慘叫聲，大家推門進去時，她看見那個女孩的動作……好像拍鬼片的動作，姿勢詭異得嚇人。

她的慘叫聲……聽起來不是看到什麼，反而是像被什麼傷害似的。

她又想到那天半夜放在櫃子上層的餅乾桶，想起屋子裡一些細碎但詭異的東西移動，甚至是半夜在客廳的奔跑聲，到底是小樊的幻覺？想像？還是眞的有什、麼在這間屋子裡？

思及此，她全身就起雞皮疙瘩，總覺得有什麼在看著她似的，看得她毛骨悚然……緊張的揪緊衣角，試圖說服自己。

「沒事，沒事，不想就沒事。」她自言自語的打氣，轉身往廚房裡走去。

她在女孩的眼皮底下離開，潘瓊雯如果抬頭看，就會知道視線是來自哪裡的……嗯？趴在燈上的女孩幽幽轉向門口，小臉蛋上的眼睛圓圓的。

叮——門鈴驟響，嚇得潘瓊雯尖叫出聲，菜刀從手中滑下落進了洗手台裡。

「哇啊……可、可惡！」她嚇到後退，菜刀在洗手台裡彈跳後滑動，她仍驚魂未定。

門外的闕擎準確的聽見尖叫聲跟重物落地聲，感覺是自己門鈴聲嚇到了人，所以他沒有連續再按第二次，而是靜靜的等在門外。

「誰？」裡頭終於傳來回應，潘瓊雯緊張兮兮的走近。

「您好，我是……」他一時還真不知道該怎麼說，「我想來看一下，小樊口中的那位姐姐。」

咦？伸手要開門的潘瓊雯嚇了一跳，顫抖的手讓她不敢貿然開門，爲什麼又有人提不存在的姐姐？她謹愼的拉開門縫，悄悄往外看，鐵門外站著陌生的男子，看上去大學生模樣，而且……挺好看的啊。

看出潘瓊雯的愁容，闕擎繼續開口。

「上週在你們兒子房間尖叫的人是我朋友，她請我來看一下狀況，我剛剛在學校外面也遇上爺爺，也是他跟我說妳午休會回家的。」闕擎實在不想浪費時間，「我不會收錢，只是想釐清那個小姐姐到底是什麼。」

潘瓊雯皺著眉，搖了搖頭，「我不懂你在說什麼，我不可能讓一個陌生人進來。」

「但妳寧願跟一個……鬼獨處嗎？」

「咦！」潘瓊雯嚇得逸出尖叫，驚恐的回頭，「她、她在我後面嗎？」

沒有。但闕擎面無表情的不做回答，當然就是要嚇到對方幫他開門啊，不然他怎麼進去！

「我們家怎麼會有那個東西，不是……世界上眞的有那個嗎？」潘瓊雯接著慌亂，「那只是小樊的想像，老師說他在學校跟同學處得不是很好，可能是這樣，所以希望有個姐姐可以保護他……對，對……」

闞擎沒回應，就用那平靜的雙眼盯著她，一臉「妳繼續說、我繼續聽」的模樣。

這陣沉默反而讓潘瓊雯更加心慌，她不安的頻頻回首，爲什麼她怎麼看都、都看不見有什麼。

可是，那天的景象歷歷在目，還有小樊哭著指向房間的角落，說姐姐就在那裡時，她眞的是背脊發涼……跟現在一樣，她的雙腳開始不自覺的打顫，最終還是打開了門。

「我……要錢我也沒有……我們現在很困難。」她小聲的說著，意思是如果要斂財別找她。

「謝謝。」闞擎禮貌的頷了首，進入玄關。

一站進去，他就謹愼的環顧四周，說實在話……並沒有什麼特殊感覺，這間屋子乾淨得很，非常非常乾淨。

「脫鞋嗎？」他留意到一旁的鞋櫃。

「啊，麻煩了。」潘瓊雯趕緊拎出拖鞋，讓闕擎換上。

闕擎穿上拖鞋後，來回梭巡了一圈，「高太太，您忙您的，最好就待在廚房，我自己看一圈好嗎？」

「啊？可是……」潘瓊雯緊張的跟在他身邊，她其實不是想監視，而是害怕。

「跟在我旁邊反而有危險。」闕擎淡淡撂了一句，潘瓊雯立即後退，人還是有求生本能的。

她不安的想去關上門，但被闕擎阻止，他希望木門敞開，鐵門關著就好，一來避免瓜田李下，二來萬一真的出什麼狀況，也好讓高太太先跑。確認女人回到廚房後，闕擎逕自走到客廳中間，原地緩緩的轉著圈，這間屋子真的異常乾淨，沒有怨氣，連一些路過或久遠的地縛靈都沒有。

他倏地抬頭，看向了客廳正中央的吊扇，上面並沒有什麼東西，甚至碎語聲都不存在。

太乾淨了，他不由得輕笑，過度乾淨才是大問題吧！因爲不是每個亡靈都有害，有的只是在這裡住久了，甚至會有路過休息的，不可能乾淨到這種地步。

他走到落地窗邊，查看了窗簾，再看向落地窗外，全程並無動手，反而像是在尋找什麼。

最後，他準確無誤的來到了沙發後的房間。站在房門口，看著門板下的光影，像是有好幾個人在裡頭走動似的，影子沙沙沙掠過。

「高太太，」闕擎問向廚房的潘瓊雯，「這間房間可以進去嗎？」

「啊？」潘瓊雯回首走出，看見闕擎站的位置時倒抽一口氣，那正是小樊的房間，「那是……我兒子的房間。」

闕擎頷首，接著晃手暗示她繼續去做自己的事，不要站在這裡。

這間房裡感覺很複雜，他不想應付慌亂又尖叫的女人。

伸手準備打開門前，禮貌的先輕敲兩下門，「打擾了，我要進去了。」

『請不要好嗎？』

聲音驀地自右方傳來，來自那個他剛剛有查看過的厚重擋光窗簾後，闕擎從容的轉頭看去，看見簾子飄動，終於從裡頭走出了厲心棠口中、那個四肢扭曲怪異、骨瘦如柴、還穿著髒污粉色運動服的女孩。

她，眞的非常非常的瘦，眼窩凹陷，面黃肌瘦，身上都只剩皮包骨了，露出的皮膚還都是紅紫色的瘀青；的確手腕跟腳的骨頭都扭曲不順，應該眞的是骨折或變形後的癒合，這也導致走來的她，腳步是極其不穩且歪拐。

有趣，闕擎看不見這女孩的戾氣，但是她看起來不像普通的亡靈，還眞像一個普通的、活著的女孩。

「妳就是小樊口中的姐姐嗎？」闕擎盡可能讓嘴角揚起一些角度，維持一個和善的態度。

女孩點點頭，逕自走到闕擎跟前，聽見他說話的潘瓊雯則僵在廚房……那個男生、在、在跟誰說話？

『小樊去學校了，等等就會回來。』小姐姐歪了頭，越過闕擎朝餐桌看去，『又是排骨飯嗎？小樊不喜歡吃排骨飯。』

「是嗎？妳呢？」

小姐姐突然用手壓了壓肚子，『我不能吃東西。』

「誰不讓妳吃？」闕擎的確感受不到任何危險，「妳的爸爸媽媽呢？」

小姐姐垂下雙眼，一臉哀傷的朝旁邊的牆瞟去，看進去的是小樊的房間，『這裡就是我的家。』

很明顯不是。闕擎站起身子，朝餐桌那兒挪了一大步，立即對上潘瓊雯驚恐的雙眼，他輕鬆的比了個噓，拜託她不要有太大的反應。

「這個家就一個孩子，我們都知道，是住在這裡頭的小樊。」闕擎回身，指指眼前的房門，「妳不是在這裡死亡的，記得是在哪裡嗎？」

小姐姐明顯的皺起眉心，抬頭瞪著闕擊，『我就住這裡！』

「裡面還有什麼東西？也是亡靈嗎？」闕擎指了指門板，「該不會是妳收集的兄弟姐妹吧？我覺得妳知道妳已經死了，妳待在活人身邊太久是會影響他的——如果妳真的疼愛弟弟的話……」

『我會！』小姐姐突然暴氣，『我會守護他的！沒有人比我更能保護他！』

喔……情感強烈直襲，這亡靈的情緒不假，小姐姐的確很激動的想保護年幼的小樊，雖然她看起來也沒年長他幾歲。

「妳能怎麼保護他？他爸媽真的有虐待他嗎？」看著桌上的便當，至少沒打算餓著孩子吧，「我在想他身上的傷會不會根本是妳弄的？」

『我才沒有！我是保護小樊的，我絕不會傷害他！』小姐姐生氣得眼白越來越多，『你應該去問那些男生，他們憑什麼欺負小樊！』

那些欺負他剛剛在學校外頭時已經看見了。

「離開小樊，才是保護他。」闕擎語重心長的勸說，「妳繼續待在他身邊，會讓他生病的。」

小姐姐倔強的別開頭，『只有我能保護他！』

闕擎不耐煩的深吸了一口氣，這孩子只怕死的時候太早，根本還不懂這個世界吧。

「妳是怎麼死的？餓了多久？被打得多慘？讓那個大姐姐感受到的是妳死前的痛苦嗎？」闕擎突然一轉態度，成了咄咄逼人，「妳被爸媽殺掉的嗎？妳是不是還有個弟弟也被打？所以妳想保護他？但小樊不是妳的弟弟！」

小姐姐昂起了頭，盛怒讓乾瘦的臉都扭曲了，『他是我弟弟！沒有人可以欺負他——』

「妳能怎麼保護？妳已經死了！」闕擎大聲喝斥。

原本想讓小姐姐失控，他想知道這個亡者的能耐到什麼地步，說實在話，如果就一個普通小鬼，找個業內高手收了就算了。

怎料，上一秒還咬牙切齒的小姐姐，下一秒卻突然劃上了得意的笑容。

『我很厲害的。』她滿意的瞇起雙眼，『放心好了，全世界只有我會保護他，小樊只要相信我就可以了。』

在小姐姐得意的笑容中，她赤裸的雙腳上不知何時已經染滿了鮮血！

不會吧……闕擎謹慎的大退一步，打量著這位姐姐，小姐姐披散著一頭亂髮，卻依舊笑得平和，沒有殺氣、沒有戾氣，她甚至連厲鬼都不是。

但是轉過身的她，身上曾幾何時身上也濺滿鮮血，卻仍舊一派天眞。

『請不要擔心，一切有我。』

她禮貌的頷了首，乖巧的貼在小樊的房門前，朝闕擎揮了揮手。

再見，你可以滾了。

闕擎自動翻譯著，他沒有躁進，而是緩步的後退……這麼多的血，鐵定出事了。

「打擾了。」闕擎抽空向蹲躲在廚房角落瑟瑟顫抖的潘瓊雯打招呼，「沒事的，只要不要傷害兒子，沒什麼大事。」

潘瓊雯臉上掛著淚，驚恐莫名的看著離去的闕擎，這男生在說什麼啊——他剛剛是在跟屋子裡的誰說話啊!?

什麼叫沒事了？

幾乎是同時，兩個街區的小學裡，厲心棠身後正護著小小的男孩，不悅的指著三個人高馬大的男孩罵。

「我看見你推他了!這很危險，你們是在欺負他嗎？」

男孩們氣得臉鼓鼓，抬眼瞪著厲心棠，「妳誰啊！」

厲心棠沒興趣回答小朋友，而是看向趕來的老師，老師一臉錯愕，「對不起，怎麼回事？您是……」

「路人，我看見這幾個小孩故意整他，還想把他推下溜滑梯，用正面著地的方式！」厲心棠右手緊緊護著躲後頭的高淳樊，「但妳就站在旁邊跟別的老師聊天。」

「小孩子在玩，搶玩具是正常的，但並沒有妳說的這種傷害。」老師立即不滿，「再說了，妳是小樊的誰？」

「朋友！朋友！」爺爺趕緊出來打圓場，「不好意思，我帶她來接小樊，結果剛好看到……」

爺爺瞄向了那三個氣呼呼的孩子，他們的確又出手推了小樊。

小樊抱著厲心棠的腿，悄悄的從後面探頭，彷彿得到勇氣似的，指向了其他男孩。

「他們都打我！」

「胖牛？」老師立即看向最圓滾滾的小胖子，「你爲什麼要推小樊？」

「我才沒有！我們就是在玩！」胖牛指著高淳樊，「你少在那邊假哭！膽小鬼！」

「老師，他才欺負人！辰典就是被他嚇得不敢來上學！」另一個鴨舌帽男孩反過來告狀，「他是神經病！」

「不可以這麼說同學！」老師臉色變得很難看，「誰教你們這種話的？」

「他就是啊！腦子有病！」第三個男孩還哽咽起來，「不然辰典爲什麼沒上學？」

老師的臉色相當緊繃，顯得有點手足無措，「辰典只是生病了……好了，兩邊都互相道歉！」

霸凌的三個男孩不情願的隨便點個頭說了句對不起，爺爺推推小樊的背，要他趕緊也道個歉。

「爺爺，做人不能這樣的！沒做錯事爲什麼要道歉！」厲心棠即刻阻止，「小樊是被欺負的人，不需要道歉。」

厲心棠晶亮的雙眼凝視著老師，她不懂老師要小樊道歉是爲什麼？不會處理就直接一起道歉算數嗎？

現場一度尷尬，其他老師趕忙過來打圓場，爺爺後來也笑嘻嘻轉移焦點說要趕緊回家，厲心棠才就此作罷。

小樊拉著厲心棠的褲子沒放，抬頭看向她，今天的棠棠姐姐比上週看起來更漂亮了！

爺爺幫小樊拿起擱在一旁的小書包，厲心棠則把他拉到身邊，自然的牽起他的手。

「那些人很常欺負你嗎？」厲心棠問著男孩。

小樊小幅度的點了點頭，神情有點緊張與落寞。

「爲什麼？」

「他們說我是神經病。」他抬起頭，「因爲我說姐姐的事。」

啊咧，厲心棠心頭一涼，他跟大家介紹「無形的姐姐」嗎？朝爺爺看過去，爺爺眼神閃爍，因爲他也是支持小姐姐存在的人。

「孩子間玩鬧難免，可能就……小樊比較特殊點。」爺爺還在緩頰。

「他們討厭我！動不動就推我、拿東西丟我，還喜歡撞我！」小樊大吐起苦水，「他們力氣很大，我都沒辦法！」

「強欺弱啊，孩子就是能表達人的本性。」厲心棠打量了小樊一圈，他個頭的確比同年齡的人都要瘦小，「他們剛說的辰典呢？也是欺負你的人？」

小樊略頓了頓，抬頭瞥了厲心棠一眼，卻又疾速低下。

「沒關係，我不會怪他的。」他這語調明顯得輕揚了些。

爺爺此時卻停下腳步，轉身看著孩子，「那個……他們說辰典是被你嚇的？」

「他如果能嚇到他們的話，還會被欺負嗎？」厲心棠打斷爺爺的質疑，卻突然一怔——如果，他們其實不是被小樊嚇到……而是那個小姐姐呢？

厲心棠趕緊蹲下身，看著瘦弱文靜的小男孩，想著應該要怎麼問他。

「姐姐……那天躲在床底下的小姐姐——她也會來學校嗎？」

小樊看著厲心棠，一雙眼亮晶晶的仔細看著她，從髮絲到臉，甚至伸出小手輕輕戳了厲心棠的臉頰一下。

「哇喔！」她笑了起來，「有沒有聽到我剛剛問的？你房間的小姐姐，會來學校找你嗎？」

小樊勾起可愛的笑容，用力點了頭，「嗯！」

那個小姐姐，如果認眞的想「保護」弟弟的話，會發生什麼事呢？再普通的亡靈要嚇孩子不是難事，她現在爲那位沒來的「辰典」感到憂心。

「棠棠姐姐，妳好漂亮耶！」童言童語突然迸出一句讚美，回過神的厲心棠免不了一陣臉紅。

「謝謝！」厲心棠笑開了顏，孩子的話語都很眞，被稱讚漂亮超開心的。

她重新站起，小手立即上前緊握住他的手，厲心棠決定帶著他一起回家。

並肩的爺爺卻顯得憂心重重，不時不安的回頭看著厲心棠，幾度欲言又止。

「爺爺，我那天沒有說謊，小樊也沒有說謊，那個小姐姐是存在的。」厲心棠小心的說著，「請保持您對孩子的信任。」

「可是……」爺爺像是有心結。

「我朋友已經去看了，我總覺得她沒有要傷害小樊的意思，她是眞的以姐姐身分陪著他，您也有感覺吧？」厲心棠緊緊握住小樊，「啊，有雞蛋糕耶，小樊要不要吃？」

小樊聞言居然大吃一驚了，張大了嘴卻沒敢應聲，第一時間是看向爺爺。

「怎麼啦？」厲心棠立即補捉到孩子強烈的渴望與遲疑，「爺爺？我請客！」

「只能吃一點點喔！回去要吃飯的！」爺爺也顯得爲難，「不好意思，他媽媽禁止他吃零食。」

「噢！難怪！我那天有注意到，家裡完全看不到任何點心餅乾呢！」厲心棠搖搖小手，「這是祕密喔，小樊，想不想吃？」

「要！我要！」小樊尖叫出聲，「我好想吃！」

「好，姐姐買給你吃！」厲心棠比了個噓，眨了眼，「祕密喔！」

孩子跳了起來，雀躍不已，爺爺的笑仍是有點僵硬，不過也答應了保密；雞蛋糕就買一袋，畢竟回去要吃飯，孩子胃小，偷吃太多等等吃不下正餐又要被罵了。

爺爺有一搭沒一搭的跟厲心棠聊起家裡的氛圍，他也是嘆息，但是再三保證，絕對沒有虐待情事。

厲心棠能理解，但是那個小姐姐被虐待卻是千眞萬確。

既然住的這間屋子與社區都不是凶宅，小姐姐就不是在這裡死的，那麼……她生前出了什麼事？又爲什麼會待在這個家，陪在小樊身邊？

「保護」他？保護什麼？遠離霸凌嗎？

不知道爲什麼，她有種不太好的預感，但現在只能等闕擎的聯繫，能看得見亡靈的他，說不定眞的能取得什麼有效的資訊。

例如，那位小姐姐是在哪邊被殺的呢？

第六章 座敷童子的光臨

只有一半腦子的男人在角落裡打量著第五包廂，滿臉都是疑惑，一旁正在擦玻璃杯的女人也不由自主的朝那裡瞄去，一邊把自己上吊時的繩子往旁邊撥開，礙事！

「我們這裡可以允許未成年出現嗎？」

「經理說了，那是特殊客人，現在也還沒開店……噓！」上吊女趕緊低頭擦玻璃，因爲從員工區走出了西裝筆挺的女人。

拉彌亞一路走向第五包廂，帶著職業笑容，把手上的果汁牛奶跟餅乾放上，「眞是稀客，幸好我們還是有適當的東西可以招待妳的。」

乾瘦的女孩抬起頭，朝向拉彌亞劃上微笑，看著桌上的點心雙眼一亮，趕緊拿起來就往嘴裡塞。

「謝謝。」她甜甜的說著，朝一旁的沙發拍拍，「妳坐吧，這樣抬頭好痠。」

拉彌亞頷首，應客人要求坐了下來。

「我是拉彌亞，這間店的店經理，容我先提醒，開業時間後我們是不能讓未成年進入的。」拉彌亞提醒著女孩。

「我知道。」她看著左手腕上的銀色手環，「這個也是保護我吧？你們店裡有很多可怕的惡鬼。」

拉彌亞笑了起來，「放心，只要有手環就是客人，不會有人出手。」

女孩揚起了笑容，滿足的拿起杯子，喝了口果汁牛奶，露出幸福的神情。

「唉，好好喝喔！」

「眞意外您會來這裡，但我想妳不是來這裡吃餅乾喝牛奶的吧？」拉彌亞凝視著女孩微微一笑，「座敷童子？」

女孩露出孩子般的笑靨，只是在那枯瘦狼狽的臉上，也無法看出那本該有的美麗。

「果然你們知道我是什麼。」她淺淺的點點頭，兩隻腳晃呀晃的，「我是抽空出來的，你們知道我應該要待在家裡的。」

「是，請說，有什麼需要我們幫忙的嗎？」

此時從樓上走下雪女，聽見有客人來，她顯得比誰都興奮，雪女與座敷童子在起源上，稱得上是同鄉。

「我想請你們的人不要插手我家的事。」座敷童子的笑容轉爲不悅，「我的家由我守護就可以了！」

拉彌亞頓時一愣，「我們的人？抱歉，基本上我們就是夜店，如果說有接案子，也是只接非人類的——」

等等，拉彌亞心裡突然叩鐙一聲，這是老大下的令，「百鬼夜行」可以協助各路魍魎魑魅、妖魔鬼怪，一切談定契約價碼就能動手，但是唯獨不准介入人類的事。

但有一個人例外，「百鬼夜行」裡唯一的眞實活人：厲心棠。

「是一個漂亮可愛的女生，跟著社工姐姐一起來的，我也是跟蹤她才發現她進入這裡後就沒出來。」座敷童子聳了聳肩，「我跟一些亡靈打聽了一下，她應該是你們的人。」

「唉……是，沒錯，厲心棠是我們的人……但嚴格說起來，她不算我們的員工，只是住在這裡。」拉彌亞內心暗叫不好，「她是我們這裡唯一的活人，不在我們的管轄範圍內。」

「但她是百鬼夜行的人。」座敷童子皺起眉，「跟她說我是守護孩子的，我不會害我弟！請她不要來攪和好嗎？還讓一個可怕的人來找我！」

闕擎？拉彌亞內心只閃過這個名字。

「我會跟她說，但是……她個性有點硬，我不能保證她是否會願意抽身。」拉彌亞禮貌的回應，「不過關於妳的身分，我會一五一十的交代，讓她明白妳不會傷害人，是守護那個家的座敷童子。」

座敷童子劃滿微笑，對自己的稱謂相當滿意。

座敷童子主要指傳說中的一種精靈，是住在家宅的守護神，它會戲弄家裡的人，但也會爲見到它的人帶來幸運，聽說只要有座敷童子在的家都會很幸運且變富足。

「那就麻煩妳了，不要多管閒事啦，很討厭。」座敷童子跳下椅子，「我得快點回去了。」

「嗯……座敷童子。」拉彌亞還是叫住了她。

小姐姐回頭，拉彌亞在她眼前是修長高大的，但是她依舊毫無懼色，「嗯？」

「誰都不能動厲心棠。」拉彌亞雙眼倏地成爲紡錘狀，凶惡之氣散發而出，「她再煩，也請您留意分寸。」

座敷童子瞪圓了雙眼，她嚇傻似的僵在原地，剛剛那瞬間，她體會到了「世界的參差」。眼前的可是拉彌亞啊，赫赫有名的蛇妖，其力量絕對凌駕她這個普通的座敷童子。

畢竟座敷童子，好聽是守護神，其實也不過就是個孩童鬼罷了。

「我送送她？」雪女上前，試探性的問向拉彌亞。

她點點頭，但同時在雪女腦子裡傳了一句：「說話小心。」

雪女頷首，她當然知道分寸，上前送座敷童子一程；雖然座敷童子不是她的故土來的，但已經承襲了這個「家與孩子守護神」的職位，兩個人還是有種不可言說的默契，至少小姐姐見著雪女也是很興奮的。

這麼小的孩子，有著歪曲的雙腳，生前應該遭遇過極可怕的事，死後還能維持純淨的心守護其他孩子，也是難得了。

她知道棠棠去當義工，沒想到最後是跟孩子有關的社福單位嗎？她得好好想想，該怎麼阻止她，人家座敷童子都找上門了，總不能不賣點面子吧！

再說了，沒有孩子受傷，座敷童子又會守護，棠棠沒有介入的必要啊！

「無害？」

大口咬下冰淇淋的厲心棠眨了眨眼，看著隔壁的闕擎，他輕含一口冰淇淋尖，緩緩點了頭。

「不是厲鬼也沒有殺意，應該是純粹守護孩童的。」他心中其實早已湧出座敷童子這個稱謂了，「我覺得不必多慮。」

「我覺得這才要多慮吧！」厲心棠居然完全持相反意見，「那個小姐姐該不會是座敷童子吧？」

「咦？不錯嘛！」闕擎同以讚美，「我也覺得是，很罕見的呢！一般只有孩子看得見！」

「所以現在只有小樊瞧得見她啊！我那天是被亡者感染到極陰虛弱時，才勉強能看見吧！」她朝闕擎投以讚許的笑容，「你就厲害了，不管怎樣都看得見。」

「這一點都不值得驕傲。」還是他最煩的事，「好了，既然知道是座敷童子，就是孩子的守護神，那有什麼好憂慮的？」

「既然她說會守護小樊，那就不該有以下的事情發生：小樊身上的傷、家暴的通報，還有刻意睡在陽台引起外人注意。」厲心棠一連扳出三根手指，「這之前還有小樊在社區大吼大叫，向路人求救的情況。」

「我覺得是因爲他不懂小姐姐是座敷童子，他以爲小姐姐是眞實的人，想爲她平反，故意餓肚子也是同樣的目的，姐弟情深，他想救小姐姐。」闕擎早想過一輪了，「只能說座敷童子分寸沒有拿捏好，讓小樊把她誤認爲現實。」

「說不定是故意洗腦啊！而且她半夜還刻意睡在陽台，讓鄰居都瞧見她的可憐兮兮，重點是這樣小樊的爸媽就更被認爲虐童了！」厲心棠挑高了眉，「再者，眞會守護小樊，他身上那些傷哪裡來的？」

闕擎沉默了，他開始一口一口咬著冰淇淋，厲心棠說得不無道理，這戶人家搬進去半年了，眞要守護就不會任孩子滿身傷；但是，如果座敷童子的守護效果只限於那個家的話，學校的霸凌她是管不到的對吧？

座敷童子到底有些什麼樣的能力啊？他實在也不熟，他家又沒有這個。

「我其實還有對一件事起疑，座敷童子是什麼時候出現的？爲什麼小樊會這麼認眞的把她視爲眞人？」他們一起走到橋邊，乘著夏日黃昏依然悶熱的晚風，到寧靜街附近一處大溝邊散步。

這裡算是交通要道，車流量大，但是行人極少，中間有一條溪水貫穿首都，兩旁的綠樹成蔭、人行道與腳踏車道都極寬，就是沒人，闕擎也挺喜歡這裡的。

「他們半年前才搬過來喔，之前根本不住在那區……座敷童子也會跟著搬家嗎？」厲心棠認眞的回想著，「這不是太可怕的惡鬼或是傳說，店裡的大家沒跟我提過這個。」

「網路上怎麼說？」闕擎八風吹不動的叫她找，因爲他沒有智慧型手機。

「網路上的不準啦，跟眞實都有出入！」厲心棠說到這兒眉頭又皺在一起，「而且他們家就只有生小樊一個獨生子而已！眞的沒有另一個姐姐！」

「她不是死在那間屋子裡的……」闕擎語帶保留，因爲那間屋子過分乾淨，是座敷童子收拾的嗎？

守護著那個家，所以將古老的亡者或是禁止路過的亡靈進入？不過那房間裡應該有些什麼，他突然後悔沒有進去查看了。

但是，那個小姐姐不是死在那邊的，他很肯定。

「我今天跟他爺爺聊天，他說他們家從搬到這裡後，狀況就很不好，失業或減薪，日子越來越差，大家脾氣就變得很糟，孩子天天看父母爭吵。」厲心棠昂起下巴，「這如果是座敷童子的守護，那也太——啊——」

話都沒說完，厲心棠突然一口氣上不來，她的肺像是突然灌滿水似的，完全無法呼吸，冰淇淋從她僵硬的手中滑落掉地，走在前頭的闕擎倏而回身。

對不起！對不起——我下次不會了！滿是驚恐的歉意湧現，厲心棠難受得緊閉雙眼，突然大吼的道歉，但是水卻拼命的灌進嘴裡，而且不僅僅是水，有東西爬進他的食道、爬進他的氣管——

闕擎拉著她立即往橋邊的石欄靠上，從口袋裡隨便拿出一個八卦符，直接貼上她的咽喉。

「啊——」瞬間吸到新鮮空氣，厲心棠大口抽氣，雙膝一軟就往前癱在他身上。

闕擎穩穩的抱住她，從容的拉過她的手搭上自己肩頭，摟緊她的腰，讓她可以全身癱在他身上。

「哈……哈哈……」下巴枕在他肩頭的厲心棠大口喘著氣，她彷彿剛從水裡爬出來喘息。

他們倆剛巧卡在橋上中間，這座橋也就二十步寬，原本是要過橋繼續到對面巷弄裡買鹽酥雞的。闕擎就這麼靠著欄杆，這樣抱著她也不嫌重，而恢復意識的厲心棠緊揪著他的外套，不停的換氣，珍惜般的呼吸，看著橋下那湍急的溪水……還有遠遠浮動的……人？

「有人……有人！」她緊張的扣緊闕擎的肩喊著，「那邊有人！」

「什麼？」闕擎回頭，看著她直指的下方，立即跟著回身朝水裡看去。

因落差而略微湍急的溪裡，有一雙腳就卡在石縫中，只有一雙腳！

而那雙腳，實在太過嬌小，怎麼看都不像是大人的腳。

厲心棠抖著手拿出手機，闕擎一把接過，她現在的狀態還沒有完全脫離亡靈的情緒，從她剛剛的模樣來看，這具屍體應該是死前落水，飽受了溺斃的痛苦吧！

「我要報案，在四重橋這裡有具屍體在水裡……妳抱緊！」闕擎感受到厲心棠快滑下去，輕易將她往上掂了下，摟得她更緊些，隨後給警方更詳細的地標，「我們就在橋上，兩個人，一男一女……不，我們留在現場不會走。」

電話那頭還想說些什麼，但闕擎已經切掉電話，雙手再度撐起厲心棠，這傢伙平常沒有這麼沒用啊！

單手環著她，她居然連站都站不穩……絲絲黑氣從她毛細孔鑽出，如煙如霧的開始裹上她身體，這下子他知道爲什麼厲心棠會毫無抵抗之力了。

「做人不要太過分！有本事就出來。」闕擎低喃著，纏著厲心棠的鬼不現身，他也很難動手。

黑氣順著他的手也繞上他的身體，很遺憾闕擎沒有厲心棠的共情力，感受不到這傢伙想傳達的訊息……他只知道，厲心棠又開始扭曲的臉，飽受痛苦侵襲了。

「住手……叫他住手！好痛！」厲心棠伸出右手將闕擎推開，他立即勾回她，「對不起！對不起——」

看著她手指上閃閃發光的戒指，這蕾絲戒指不是能保護這傢伙嗎？現在符沒用、「百鬼夜行」的戒指也沒用，他胡亂摘著身上有的護身符或是法器，就往厲心棠身上戴！

「啊啊啊——哇呀——」撕心裂肺的痛楚再度襲來，厲心棠痛得倒上了地，闕擎費盡氣力才能扣住她。

這裡行人極少，她眞的是喊破喉嚨也沒什麼人會來圍觀啊！

「喂！做什麼！」

一台車子飛快趕到，闕擎只聽見後頭的喊叫聲，即刻大喊，「請過來幫我！」

來人聞聲衝了過來，協助伸手壓住掙扎的厲心棠，但就在他碰觸的一瞬間，厲心棠立即回神！

「咦？」她滿臉淚痕的看著出手相助的路人，全身劇烈的顫抖。

「你就這樣護著她！拜託！」闕擎趕緊出聲，「警察先生！」

警察呆愣的看著躺在地上的女孩，哎呀了聲，「妳……是妳！妳是小滿的助手！」

是上週那個警察，展哥！

厲心棠閉上眼，開始嚎啕大哭，展哥一時慌了手腳，他是接到通知說這裡有屍體，為什麼卻看見橋上疑似有人在欺負女孩，結果槍都還沒拔，對方就喊著要他出手幫忙。

「沒事……沒事了！」闕擎大膽的拉起她，指向橋下，「屍體在溪裡，那邊。」

咦咦！展哥措手不及，他趕緊跳起往下頭瞧，果然看見了在水裡的一雙腳，而厲心棠則緊緊抱著闕擎，痛得上氣不接下氣，外加怒火中燒。

「太痛了……這眞的太痛了！」她咬牙切齒的說著，「到底是誰？」

「在妳身上的東西，它不現身我也不知道是什麼玩意兒。」闕擎只能輕拍她的背，「每次都是它嗎？」

厲心棠痛苦的點點頭，「那不是一般的痛，太多種虐待加在一起，我完全沒辦法分辨誰是誰。」

誰是誰？

闕擎聽出了端倪，「不只……一個人？」

厲心棠深吸了一口氣，緩緩閉上眼，「對，這次我感受到的不只一個人。」

警笛聲逼近，最先到的展哥先把他們扶到橋的另一端去休息，現場拉起封鎖線，必須開始吊起那具屍體。

那個比例，是孩子。

「這是在高家纏上我的東西，我都回家過了，它沒有進百鬼夜行。」厲心棠發著抖說，「所以它每天都這樣等我？等我一離開家裡再纏上來？」

闕擎瞟了她一眼，「很高興妳終於有點警覺意識了。」

「夠了！我哪知道會有這麼執著的……亡者？它是鬼吧？還是魔？」厲心棠揪著心口，全身都在發冷，「不管，如果高家的屋子很乾淨，這個又是怎麼出現在那裡的？」

「很乾淨，指的是座敷童子收拾得很乾淨。」闕擎略微頓了一下，「我是妳的話，就會回家告訴什麼叔叔亞姐吸血鬼狼人，讓他們到店外把纏上妳的傢伙解決乾淨，事情就告一段落了。」

厲心棠看向他，「什麼叫告一段落？座敷童子的事還沒了啊。」

「那是守護神，妳要幹嘛？想料理保護孩子的座敷童子？小樊也沒找妳簽約幫忙啊！」

厲心棠擰起眉，用力搖了搖頭，「沒有這麼簡單，那個座敷童子不尋常！」

「能守護小孩就好，其他沒必要多管閒事。」闕擎說穿了就是不想幫，「對我來說這件事解決了，那小子也沒有受到虐待，妳不要去干涉守護神的事，最重要的是不要再到療養院找我。」

厲心棠雙手抱著自己的雙臂，根本沒在聽他說話，她彷彿陷入沉思，或是還無法脫離剛剛那種比錐心刺骨還難受的痛。

天色漸暗，溪邊卻燈火通明，闕擎倒是沒有離開的陪著她，他們倆就坐在就近的長石凳上，他還抽空去幫她買了杯熱奶茶。警察已經來問過情況做過簡單筆錄，他們發現屍體的過程很簡單，但他知道厲心棠想等那具屍體的撈起。

「小心！來喔，弟弟，我們要帶你回家喔！」殯葬人員聲如洪鐘，用繩子吊在半空中，腳踩著邊坡，所以聲音在溪床那兒迴盪著。

弟弟……弟弟……厲心棠心頭跟著一緊，她有種非常不祥的預感。

「拉上來——好！」

厲心棠焦急的想起身，但闕擎一掌把她壓回座位，人菜癮大，什麼能力還敢過去？再經歷一次被淹死嗎？

他主動上前，封鎖線旁的警察知道他們是報案人，也沒太刁難，任他遠遠的眺望著那被吊起的擔架，以及上面的屍體。

「孩子嗎？」他淡然的問，「我看那雙腳就很小。」

唉，警察嘆了口氣，點點頭，但不敢多話，因爲附近有許多看熱鬧的民眾……雖然他不懂，這有什麼好看的？

「我想請問剛剛第一抵達的那位警察……那個。」闕擎準備指向了在現場另一頭協助的展哥，「幫我問問我們可以走了嗎？」

好！警察立即用無線電聯繫，沒有兩分鐘，闕擎就看見對岸有個回頭奔跑的身影，還先朝他舉手打招呼。

「您好……呼，謝謝你們，應該後續不會有什麼狀況，但有需要還是請你們配合。」展哥上前，遞出了自己的名片，俞逸展，「叫我展哥就行了，剛剛還沒留你的電話。」

「我沒有手機。」闕擎直接發出死牌。

「……」展哥一怔，還以爲自己聽錯了，「嗄？」

「我沒有手機，有事找她。」闕擎右手拇指朝後一比，比向了坐在凳子上的厲心棠，她正專心的讀著展哥的唇語咧。

「不是，這年頭怎麼可能有人沒手機？那平時她怎麼跟你聯繫？還有現在這麼多東西都3C……」

「有的人生活可以很單調，沒親人也不需要朋友。」闕擎完全一副不想給的樣子，「我也沒有市話，我定時會打公共電話給她，這樣可以了吧？」

他才不信。

展哥不爽的看著闕擎，但他又不能因爲民眾沒有手機而抓他！加上這男人並非凶嫌，的確眞的不能怎麼樣。

「是小孩子吧？幾歲？」闕擎下一秒問起那個被抬上救護車的屍體，「別告訴我是大樹實小的。」

咦？展哥瞳孔地震，驚訝的看向闕擎，嘴都張大了。

「你爲什麼……剛剛在水裡時看得見嗎？」展哥很努力的回想他剛抵達時，

水裡的屍體是什麼模樣……因爲屍體下半身沒有衣物，倒栽蔥卡在石縫中，是看不見上半身的。

「嗯，果然嗎？」闕擎冷冷一笑，座敷童子果眞是守護孩子的呢！「我們要離開了。」

「等等，爲什麼你知道是大樹實小的？」展哥沒打算這麼容易放過他，「這麼遠你不可能看見下面的狀況，而且——」

「大樹實小有個孩子這兩天沒來上課，我跟她今天剛好在那間學校聽到。」闕擎隨意敷衍兩句，旋身就朝厲心棠方向走去。

展哥自是一陣錯愕，大樹實小是他的轄區啊，不過這是條寶貴線索，他沒空跟闕擎他們爭執，趕緊去調查。

闕擎還沒走近，厲心棠就已經什麼都知道了，緊鎖著眉頭，抬頭看著他。

「看我沒有用，大概是……自作自受吧。」闕擎別過頭，看向屍體該有的方向，眼神卻看得非常非常遠，「他們欺負男孩，座敷童子就出手，嗯哼。」

「會殺人的，就不是守護神。」她起了身，「那個座敷童子眞的有問題。」

闕擎深吸了一口氣，突然感應到什麼似的，倏地正首，再看向厲心棠斜後方的方向，那裡是密集的行道樹，樹下陰影一片黑，有股香味從樹下飄過來。

「好啦，那我回去了——」他突地指向厲心棠，「別再去那、邊找我。」

「咦？不是——」她趨前繼續喊著，「你不幫我找嗎？要看看那個小姐姐到底是誰？她從哪邊……」

冰冷的手冷不防從她右後方伸來，輕柔的搭上她的肩頭，卻嚇得厲心棠一小跳，她驚訝的回首，是那不管身處多漆黑的夜晚，都依然能魅惑人心的金髮男人。

「德古拉……」厲心棠是眞的愣住了，現在應該是營業時間了！

「妳身體不舒服，我來接妳回去。」德古拉脫下身上的西裝，蓋在她身上，「乖，跟我回家。」

看著在厲心棠體內湧動的東西，德古拉再不滿也只能忍，因爲族系不同，他可以驅趕那傢伙，但無法徹底消滅它。

闕擎悠哉悠哉的過橋，不時回頭瞥向厲心棠，她體內的東西還在，看來吸血鬼對鬼可能也沒有辦法完全制伏吧。

再說了，厲心棠體內的東西有點怪，像鬼又不是鬼……

「我沒事，我就是感染到了那個男孩死前的痛跟恐懼……」她瞞下了另外幾個要人命的亡靈，還有卡在她身上的執著傢伙。

她以爲德古拉看不見，終究是天眞的棠棠。

「所以先回店裡吧。」德古拉二話不說，直接公主抱。

「小德！這裡很多人耶！」厲心棠嚇了一跳，但還是直覺的攬住他的頸子。

德古拉朝著她露出俊美的笑顏，「那他們應該會羨慕死妳囉！」

「哼哼。」厲心棠沒好氣的笑著，但乖巧的摟住他的頸子，緊閉上雙眼，感受著空間的擠壓——唰！

人影在樹下瞬間消失，其實在對面駐足的闕擎這才放心的離開。

七點，「百鬼夜行」應該已經營業了，今天厲心棠休假，一般而言那間店裡的鬼怪們從不會干涉她的行動，連鎖店之王的酒吧公關都出來接人，看來應該有什麼事。

「座敷童子啊……」闕擎喃喃唸著，卻揚起一抹不屑的笑意，「根本就是沒用的東西。」

死亡的男孩叫辰典。

他生前落水，所以主要死因是溺斃，但是在他死之前，卻遭到了非常可怕的虐待。

十根手指甲都被拔掉，而且幾節手指頭的指節被鉗子剪掉，身上有多處遭受重擊的地方，腳部骨折，只是不確定是死後還是生前造成，下半身的褲子被脫去，生殖器也被活活剪除，才八歲的孩子遭到這樣的虐待實在可怕。

但當法醫解剖後，卻在他體內看見更可怕的東西。他整個氣管、食道與腹腔都是螞蟻，壁上黏膜都有被螞蟻啃傷的痕跡，簡直像有人餵了他一整個蟻窩。

應該是指甲先被拔除、指頭與生殖器被剪、再被毆打，最後承受了螞蟻鑽進身體內的恐懼，才被扔下溪水的。

到底是怎麼樣的變態，會對一個八歲的孩子下此毒手？

新聞急速傳開了，全國忿怒，大家都希望快點抓到這個變態殺人魔，想一睹變態眞面目。

辰典的慘死在新聞中播放，不管是法醫或是媒體再如何低調，也無法全數隱瞞，大家知道有個虐童殺人狂在外遊盪，每個孩子與家長均草木皆兵！

父母們更早到校接孩子，就怕遲了不小心被拐走，成爲下一個受害者該怎麼辦？

小樊踩著繩子梯爬上溜滑梯，回頭往下望時，看見了站在牆外的爺爺，還有爺爺身邊的小姐姐。

他朝小姐姐招了招手，枯槁的小姐姐一時沒有回應，因爲她的視線，落在與小樊不到三十公分、那幾個日常欺負他的孩子身上。

小樊順著她的視線轉過頭，一見到他們三個，他就得深呼吸……但是他們擋在小橋上，得跟他們借過才可以前往溜滑梯呢。

「借過。」他握了握拳，還是向前了。

爺爺跟小姐姐，同時往前傾了身子。

「誰准你玩溜滑梯的，這個只有辰典可以玩！」胖牛一整天都用這個理由，阻止所有的人玩溜滑梯。

老師注意到時會制止他們這麼做，但誰敢玩？等等被逮到機會，胖牛他們就加倍整人。

「辰典已經死了。」小樊認眞的說著，「我要溜啦！」

「走開啊你！」胖牛不客氣的一掌推倒小樊，瘦小的他即刻跌地。

可惡！小姐姐瞬間進入校園，一個大跳就上去要教訓胖牛——但另一邊有個龐大的身影更快的從小朋友鑽進鑽出的小洞冒出，一派閒散的趴在那兒。

「又是你們幾個。」

厲心棠趴在小洞口，今天她沒有阻止任何人，反而是悠哉悠哉的跟孩子們聊天。

「棠棠姐姐！」小樊一見到厲心棠，都笑開花了，爬起來撲向她，摟著她的頸子、還貼上她的臉。

「呵呵……」厲心棠覺得幸福極了，可可愛愛的男孩，「他們又欺負你喔？」

「嗯……」小樊扭著身子撒嬌，沒有回答。

幾個男孩看見她有點生畏，她就是那天凶巴巴的大姐姐，厲心棠挑了眉，很高興小孩還知道怕。

「乖一點啊，別再讓我看見你們欺負人。」厲心棠語帶警告，「要溜就溜，不要就下去！」

她噙著笑，捏捏小樊的小臉蛋，讓他去玩，別怕那三個小孩！結果樓下的老師發現了她，嚷嚷起來，直說家長不能這樣貿然進來。

厲心棠沒好氣的扯著嘴角，要下去前，瞥了一眼還站在小橋上的乾瘦身影。

她，現在居然看得見那個小姐姐！

眞是要命，看見小姐姐衝進校園時，她都替那幾個死小孩捏一把冷汗……他們應該要知道辰典是爲什麼而死，再這樣下去，很快就輪到他們了。

「能有空盯我，能不能盯一下霸凌者？剛剛他們又在上面把小樊推倒了，你們不能老是搞眼不見爲淨這套啊！」厲心棠指著老師說。

「孩子間就是會打鬧，妳要讓他們在這當中學習成長，什麼是霸凌，什麼是打鬧，您能界定嗎？」老師被指責得很不滿，「或是您可以考慮派個二十四小時的保鑣在旁邊保護他？」

「有眼睛的都能斷定，少在那邊推卸責任，霸凌與玩鬧有多大的分別你會不知道？」厲心棠毫不客氣的睨著老師們，「別再讓屍體教你，拜託！」

什麼!?老師們．陣錯愕，這個女生剛剛說了什麼……屍體？

厲心棠搖了搖頭，繞過遊樂器材面向有等於沒有的開放式圍牆時，立即看見了爺爺，連忙打招呼，其實她就是來等爺爺的。

因爲她必須知道，那個座敷童子是哪裡來的。

「爺爺，您好啊！」厲心棠開心的跨過開放式圍牆，「怎麼看起來氣色不太好。」

「啊……沒、沒事……」爺爺閃爍言詞，明顯的別開了眼神。

嗯？厲心棠覺得有點奇怪，該不會是她這樣貿進校園，讓爺爺難做人了吧？

「抱歉，我剛剛一時不爽就……」厲心棠當然不會說出座敷童子的事，「我下次不會這樣進去了。」

「唉，那些孩子……還在欺負我家小樊，也眞的是需要點教訓啦。」爺爺尷尬的笑著，「還是謝謝妳，像我就很不中用……」

「沒有的事。」厲心棠親切的笑著，不由自主的再往遊樂器材那邊看去。

小樊開心的溜下來後，再度爬了上去，一留意到厲心棠看向他，興奮的拼命招手，從小姐姐身後經過。

「小姐姐」看著朝下方招手的小樊，再幽幽的往外頭看向了在圍牆外與他揮手的厲心棠。

爲什麼？小樊的姐姐，應該只有她吧？

第七章 欺負人的孩子

安親班的車子停在校門口，胖牛從車上走了下來，他神色帶著慌亂，捏著自己的小外套，像是在強撐。

「爸爸什麼時候來接你？」安親班老師不放心的走下來問。

「等一下就來了。」胖牛伸出小手揮舞，「老師先走沒關係！」

「那你要進去學校等，爸爸車來才可以出來。」安親班老師直接把他帶進校門，朝著警衛打聲招呼。

這孩子原本應該直接整車載去安親班，但他突然說不舒服今天不去，已經打電話跟父親確認，父親正在趕來的路上。老師回頭看著一車的小朋友，她實在也沒辦法在這裡陪他等。

再三交代孩子要小心，也拜託警衛幫忙留意，畢竟殺童案的凶手還沒找到，現下人心惶惶，誰都不敢冒險。

胖牛臉色看上去的確很差，另外兩個平時跟他一起欺凌弱小的小夥伴們趴在車窗上看著他，今天下午開始胖牛就怪怪的，好像有什麼事想說又不敢，幾度還快哭出來的樣子。

直到剛剛，安親班的車都來了，卻說想回家了。

「好好待在這裡喔！」警衛也交代著，「外面有可怕的壞人，知道嗎？」

胖牛點點頭，孩子應該是會怕的，尤其……他記得慘死的那個孩子，跟胖牛他們本來是好朋友啊。

警衛室裡電話突然響起，警衛趕緊進入接聽，胖牛瞥了一眼警衛叔叔的背影，絞著小手深吸了一口氣，轉身就跑出校門。

他要快點，一定要在約好的時間抵達那邊！

小小的身影在馬路上狂奔，邊跑邊哭的他完全沒有平時的霸氣，有的只有無盡的恐懼。他一路跑到學校後面的小山，那是個很小很小的山，但是很多人都會去那邊散步做運動，爸爸媽媽也常帶他去玩。

跑上階梯時胖胖的孩子已經上氣不接下氣了，小臉紅噗噗的，趕緊停下來灌了幾口水……他不能慢，如果遲到的話，他會變得跟辰典一樣的……對吧？他淚眼汪汪的看著走在前方的粉紅色身影，那個長得可怕的小姐姐好嚇人啊！

孩子忍不住嚎啕大哭起來，不停抹著淚，附近有運動的民眾瞧見了他，立刻走上前。

「小朋友，迷路了嗎？」

和善的阿姨問著，胖牛嚇得回頭，第一反應是往上衝。

「喂！等等啊，別跑，你怎麼了？」阿姨見狀不對，即刻追上，順著蜿蜒的階梯朝上右彎，卻在轉過去後失去了男孩的身影，「……咦？」

她驚愕的環顧四周，這就一條路，孩子能去哪裡？左右兩邊都是落葉覆上的坡，不可能掉下去啊！寒風吹過，女人下意識打了個寒顫，緊張的轉身下階梯，她渾身發毛啊！

但其實，胖牛就站在她面前，一動也不敢動。

小眼睛看著阿姨慌張的往階梯下奔離後，他眼神才敢往旁邊瞟去……穿著粉紅色運動服的「小姐姐」就站在他身邊，她就像一個可怕的骷髏，只有一層皮包裹著。

今天下午去廁所時，就是這個小姐姐突然出現嚇到他的……她突然從門穿透進來，他嚇得張嘴大叫卻喊不出聲。

——不想跟辰典一樣被丟在溪裡慘死，就要乖乖聽話。——

那個瘦到可怕又是鬼的小姐姐這樣告訴他，他都快嚇死了，能穿過門的還能是人嗎？可是這個小姐姐說了辰典的事，他太害怕了，他不想跟辰典一樣痛死。

小姐姐說他們四個人都被選中了，會一個接一個的慘死，叫他放學後去後山，不能對任何人說，要聽話的孩子才有活下去的希望，她會盯著他。

所以，他是跟著小姐姐一路跑過來的。

『跟我走。』小姐姐持續往上走去，領著路。

胖牛抽抽噎噎的，他不想走，但不敢不跟上，一邊抹著淚一邊發現自己遠離了正常的道路，腳下踩著是樹根跟泥土，越走越遠，沒有石頭做的階梯跟道路，很多地方還得用爬的。

「小姐姐，對不起……」胖牛終於崩潰，「我不知道我做了什麼，總之就是對不起！」

小姐姐沒有回頭，眼前一個五十公分高的落差，她輕輕一躍就上去了。

『快點。』小姐姐的腳扭曲成奇怪的角度，但是走路卻比他快很多很多。

胖牛哭到泣不成聲，抬起頭看著那可怕的小姐姐，淚水模糊了視線，可憐巴巴的不停搖頭。

「我不要……求求妳……」他嗚咽的嚷嚷起來。

『上來！』小姐姐怒吼著，嘴巴都張大到肚子了！

「哇啊——哇——」胖牛嚇到大叫，腿軟的他根本跑不動，一轉身就跌坐在地！

下一秒，他連人帶書包的被往後拖，他更加驚恐的大喊著，看著小姐姐粗暴且輕易的將他往上提拎。

咚！他像個物品一樣，屁股撞上了落差處的石頭，疼得大叫起來。

『你平常不是很厲害嗎？欺負同學很強嘛！』小姐姐輕易的拉著他的書包，再往上拽。

咚！五十公分的落差撞得胖牛哀哀叫，但他總算是被拉了上來。

『溜滑梯只有你們可以溜是吧？盪鞦韆也只有你們可以玩？』小姐姐氣忿的說著，『不高興就推人，把人拉到旁邊？』

「對不起對不起！」胖牛像是意識到什麼似的，「我下次不敢了，以後都不敢了！」

身體突然被甩下，胖牛跌坐在泥土地上，四周只有蟬鳴、綠樹，還有潺潺流水聲……水？溪？孩子再小也懂得連結，畢竟辰典就是被水沖到下游才被發現的。

他嚇得爬起，卻發現小姐姐不見了！舉目所及只有他一個人，旁邊就可以聽見日夜不停歇的溪水聲……而左邊，在各種樹木的包圍下，有個若隱若現的小屋子！

咿……門在他面前緩緩打開，胖牛嚇得哇哇大叫，轉身就又想跑。

但這次轉，他卻準確的再度撞上了粉紅色的小姐姐。

『你爲什麼喜歡欺負小樊？』小姐姐扯住他的衣服，『爲什麼要打他、推他、整他？』

撞上又跌跤的胖牛聽到了關鍵名字，嚇得不輕，拼了命的搖頭。

爲什麼？他哪知道爲什麼，就、就是好玩啊！

「我以後眞的不會了……我會保護他！對！我會保護小樊！」胖牛哇哇哭了起來，「妳說過不會讓我跟辰典一樣的！妳答應我的！」

小姐姐瞪著趴在地上哭泣的男孩，那股成群結隊欺侮人的霸氣怎麼消失了？小樊被他們弄傷時，他們都沒有現在的一絲和緩。

小姐姐沒說話，只是向前一步逼近了男孩，男孩嚇得後退，她持續逼近，胖牛離小木屋越來越近，哭喊聲也越來越可憐。

最終，胖牛被逼進了小屋子裡，小姐姐輕輕劃上笑容，也跟著走了進去。

「妳答應我的……」

『你不會變得跟辰典一樣的。』小姐姐點了點頭，看著瑟瑟顫抖的胖牛，嗯？胖牛淚眼汪汪的抬起頭，這是原諒他的意思嗎？

低首抹了把臉，再抬首時，木門邊卻再度看不見粉紅色的可怕小姐姐，他人就趴在木屋裡，四周照樣只剩鳥囀蟬鳴溪水聲，他戰戰兢兢的站起身，這、這樣就好了嗎？

好臭喔！木屋裡有令人想吐的味道，他朝旁看去，黑暗中也可以看見旁邊有張桌子，屋子裡也有椅子，透過木屋縫隙的光，其實還是可以隱約看見木屋裡的……噠。

沒有任何掩飾或隱藏的腳步聲陡然出現在他身後，胖牛瞪大了眼，一回頭，粉色運動服的小姐姐就坐在那張桌子上，晃動她那雙根本扭曲不成形的腳。

『小樊由我來守護就可以了。』

「……等一下！說好的—說——哇啊啊———啊———」

鳥囀蟬鳴，溪水潺潺，然後還有孩子淒厲的慘叫聲，不管他慘叫多久，聲音都只能在根本不會有人來的祕境慢慢迴盪。

晚上八點，厲心棠接到手機訊息時一時錯愕，上頭是焦急忙慌的訊息，來自孩子的求救：「我好害怕！棠棠姐姐！可不可以來我家？」

……可以啊！她超想的，但是她如果再去高家天曉得會發生什麼事？而且小滿姐不在，她拿什麼身分去？

叉子在麵裡攪著，求救的是小樊，現在應該是父母爺爺都在家的情況，他會發訊息給她表示一定出大事了，她該去……不該去？

「不該。」角落玩手機的女孩頭也不抬說了，「拉彌亞不是跟妳說了，不要插手座敷童子的事！」

厲心棠瞥了女孩一眼，「阿天，你今天這什麼造型？」

「這是最近當紅的女歌手啊，妳沒看過？」女孩眞的頂著一張漂亮的容顏，粉色的妝感。

「你不要出去搗亂喔，我跟叔叔講你就完了！」厲心棠還有空恐嚇別人。

「人家都找上門了，妳要是再去找人家就眞的失分寸了啦！」女孩吐了吐舌，連動作都跟本人一模一樣。

「找上門才更詭異，大家都不會害小樊的話，有必要此地無銀三百兩嗎？」

厲心棠早決定當耳邊風了！

發現辰典屍體那天，德古拉來接她是有原因的，一進門就被告誡不要插手座敷童子的事，對方已經親自來到「百鬼夜行」，認爲她是在妨礙……她做了什麼妨礙到小姐姐了？

座敷童子不就是守護孩子嗎？有人通報社工，大家才會有見面的機會，眞守護會有這麼多事嗎？說到底就是小姐姐營造出孩子被關在陽台外，小樊又被她影響到才表現出抗爭，小姐姐做這些事的目的是什麼？

小孩子有多單純、多容易被套路這是大家都知道的事，小姐姐如果眞要守護小樊，爲什麼玩這麼多花招？刻意讓別人以爲他的父母虐童？

今天是因爲她能夠輕易感染到亡靈的情緒，所以才會察覺到怪異，也因此看見了那位小姐姐，否則只怕她就跟小滿姐他們一樣，覺得高亦豐夫妻有虐童嫌疑、再認爲小樊有妄想症！現在小滿姐他們眞的就往這方面去著手，開始希望小樊去就醫了！

這叫哪門子守護？她才不信！

而且，她感受的毆打與錐心刺骨的痛楚，是就是來自小姐姐的吧？還是她身上……現在隱藏在外面、那個莫名其妙的東西？

「棠棠。」敲門聲響起，溫柔渾厚的聲線來自雪女。

「進來。」厲心棠自然的回應，她窩在三樓一間小房間吃飯，「百鬼夜行」已經營業，她沒事不會下樓。

雪女一開門，阿天立即消失，他怕冷。

看著雪女拿著一杯冰沙，厲心棠堆滿笑容，她是這群鬼怪養大的，也算是半隻蛔蟲了。

「德古拉調的，要妳拿上來說服我什麼對吧？」她托著腮，沒好氣的看著雪女。

「唉呀。」雪女倒也不裝，雪白的和服、死白的臉龐，卻搭上烏黑的直髮，非常具有神祕氣質的美女，「我想妳不會聽對吧！」

厲心棠堆滿敷衍的微笑，逕自拿過冰沙大口喝著，整間店的哥哥姐姐叔叔阿姨們都很懂她。

「有些事我得搞明白，但只要她眞～的不會傷害那個孩子，又是眞心守護，就沒什麼好說的。」厲心棠聳了聳肩，「但爲什麼我覺得她來這裡希望我遠離、討厭闞擎去找她，就活像做賊心虛？」

「我們都知道只能跟妳說說，不會也無法強迫妳接受，只是妳萬事要小心，座敷童子再怎麼說，也是亡者的一種形式。」雪女輕嘆一口氣，空氣都結成了冰霧。

「在很久很久以前，座敷童子有一種說法，是因爲家裡養不起，便將多出來的小孩趕到石臼下面壓死，並將其埋在廚房下面，後來屍體暴露，或小孩亡魂出現，家人就說是座敷童子，一種守護神去掩蓋罪行，久而久之……就眞的變成家庭守護神了。」

「所以我合理認爲，我感受到的亡靈情感是小姐姐的……恐懼、忿恨、痛苦，畢竟那間房間裡當時只有她。」厲心棠蹙起眉，極爲困惑，「但我不懂的是，那些孩子如果出生就被殺，爲什麼還會成爲守護神啊？」

「嗯，因爲渴望吧。」雪女淒楚一抹笑，「正因爲不被需要，所以更渴望愛，像那些不被重視的孩子長大後都極欲表現，就會了獲得愛……被殺的孩子們或許最後移情到其他小孩身上，變成爲了保護弟弟妹妹不走上跟自己一樣的路。」

哇喔！厲心棠誇張的做了嘴型，然後蠻不在乎的喝了口冰沙。

「對於一個被拋棄的孩子來說，我是不會恨我的生身父母啦，但也不會那麼大愛！」厲心棠蘇嚕嚕的喝完冰沙後，當即起身，「不過很謝謝妳，雪女姐姐。」

雪女輕輕拉住她的手，「妳要小心。」

「嗯！」厲心棠用力點點頭，上前輕吻了雪女冰冷的臉頰後，便離開了房間。

她匆匆奔下一樓，吧台裡的德古拉朝著她輕笑，在舞池巡視的拉彌亞綳緊神色，青面鬼個個交換眼神，打雜的亡靈們交頭接耳，但誰都沒出聲，就看著厲心棠搬出腳踏車，從側門離開了「百鬼夜行」。

早知道啊……拉彌亞嘆了口氣，她只希望不會出什麼大事，座敷童子嘛，都是小朋友，應該不至於出什麼狀況的！

「拉彌亞，」吊死女鬼飄了過來，「小姐她……」

「沒關係，座敷童子至少知道她背後是我，不會造次的。」拉彌亞頓了一頓，「座敷童子殺傷力也不強吧？」

女鬼沉吟著，歪了歪頭，最終也只能聳肩；她家當初要是有座敷童子，她也就不必上吊了對吧？

厲心棠一路直接騎到了高淳樊家，在外頭用訊息向小滿報備，知道小滿姐等等一定奪命連環CALL，所以她採取了無聲模式。

來到高家門口，都還沒按門鈴，就可以聽見裡面激烈的爭吵聲。

「放屁！我剛剛就放在這裡，不是妳拿的會是誰？」

「我拿你東西要幹嘛？你不要自己放錯地方就在那邊亂講！」

「我才拿出來而已，我一轉身妳收走了！」

眞的越吵越凶啊……厲心棠鼓起勇氣按下門鈴，總算打斷爭吵！腳步聲急忙傳來，她後退一步，好讓對方可以從貓眼瞧清楚。

「妳是……那個社工的？」高亦豐開了門，顯得不悅。

「我不是社工啦，我只是義工，嗯……我是來找小樊的。」她也不拐彎，

「我答應他要來陪他玩，所以……可以問爺爺，爺爺知道喔！」

「什麼？妳——」高亦豐覺得莫名其妙，「爸！」

接著又是幾分鐘的爭吵，潘瓊雯絲毫沒有掩飾不悅，在木門敞開的情況下抱怨為什麼讓這個不認識的女孩來！

小樊跑了出來，卻不敢開門，但看上去快哭出來了。

「現在很晚了，小樊要睡了！」潘瓊雯不客氣的過來，就要關上門，「妳走吧。」

「請讓我陪他入睡就好，他需要我！」厲心棠連忙說明，「妳看看他，他都快哭了！」

「什麼叫需要妳啊，我是他媽耶！」潘瓊雯不悅的回頭，瞪向在一旁的小樊，「你那什麼臉啊！媽媽等等陪你！」

「……」男孩甚為委屈，眼淚嘩啦就噴出來了。

「我不要——我要棠棠姐姐！」嗚咽聲哭得令人心酸，小樊二話不說撲向了門口，「我要棠棠姐姐陪我！」

「做什麼啊！」潘瓊雯粗暴的抓住小樊的手腕，直接往後拖，「你怎麼會跟一個陌生人好呢？她是社工耶！」

「我要姐姐陪我——」小樊一反常態，突然又歇斯底里起來的吼叫起來。

「閉嘴！叫什麼！」潘瓊雯完全無法忍受一絲吵鬧似，眼神看上去異常凶惡，而高亦豐則上前叫他們都不要喊，煩死了。

這無人在意的間隙，爺爺緩緩上前，將門打開了。

「住手住手！」厲心棠連忙衝進去，因爲這時潘瓊雯正粗魯的拉著小樊的手腕要往房裡拖，「這樣很容易脫臼的！」

孩子從潘瓊雯手中被一把搶走，她都愣住了。

「妳……妳是怎麼進來的？」高亦豐錯愕的回神，「爸！」

「都不要吵了！吵吵吵，一天到晚都在吵架，難怪小樊不想要你們！」爺爺難得動了怒，「厲小姐幫了不少忙，她也會一起接小樊回家，要不然他不知道又要被欺負成怎樣了！」

潘瓊雯盛怒非常，她沒想到公公居然胳臂向外彎的斥責她，她突然瘋也似的尖叫一聲，抓起皮包就往外衝。

「瓊雯！」高亦豐煩躁的怒吼往外追，「妳是要去哪裡？給我回來，潘瓊雯！」

門磅的甩上，附近鄰居聽見這間又在吵架都習以爲常了，高亦豐也沒眞的追，他回來衝著爺爺想罵又不知道該怎麼罵出口，最後進了自己房間，鎖上房門。

客廳裡剩下爺孫倆跟厲心棠，厲心棠暫時沒膽進入小樊的房間，商量著待在客廳就好，反正現在他那對吵不停的爸媽不在，所以就坐上沙發，爺爺忙著收拾茶几，還去準備茶水跟水果。

「爺爺不用忙，我只是來陪小樊的。」孩子緊緊懷抱著厲心棠，全身都在發抖。

爺爺沒回應，就在廚房忙他的，厲心棠趁機爲小樊擦去淚水，低聲問他發生什麼事？

小樊跟她要聯繫方式時她沒想太多，自然大方的給，八歲的孩子又不會推銷或詐騙，只是她沒想到這麼快就找她，而且是恐懼時。

「怎麼了？你爲什麼抖得這麼嚴重？」厲心棠一顆心緊揪著，但小樊卻只是搖著頭，整張臉都埋進她肚子裡開始哭。

爺爺的腳步聲走出時，環住她腰際的手倏地收緊了些，他整個人都僵硬了，厲心棠明顯感受到卻不動聲色，朝爺爺道謝。

「家裡沒有零食，就一點水果。」爺爺將盤子放下，上頭是火龍果。

「謝謝。」厲心棠遲疑幾秒，她想開口請爺爺稍微迴避一下時——爺爺就著背對落地窗的那座單人沙發坐了下來。

「孩子沒事，就是父母吵得太凶，我跟妳提過，他們真的越吵越誇張！東西自己拿出來或是沒收好，都能指責對方……」爺爺搖了搖頭。

「他很難受呢！」厲心棠還是開了口，「爺爺……」

她使了眼色，請爺爺稍微離開幾分鐘。

但爺爺凝視著她，沒有回應。

厲心棠被那樣的眼神看得有點心慌，因爲這是認識爺爺以來，第一次發現那雙眼裡其實不是那麼的慈眉善目。

「我覺得，」他一個字一個字緩緩的說，「我不能把我孫子跟一個外人留在一起，對吧？」

低沉加上毫無情感的嗓音，末尾他朝著厲心棠擠出了一個笑容。

環著她腰部的手，更緊了。

「又發生了孩童失蹤案，今天下午一位大樹實小的男童於放學後失蹤，原本因身體不適所以向安親班請假，就在父親來接送中間消失！校警表示只是進警衛室接電話，出來孩子就不見了，本以爲孩子已被父親接走，結果父親來找孩子時才發現失蹤！」

「據目擊者表示，曾在後山見過一個落單哭泣的男孩，體型外型都與失蹤的孩童相同！」主播身後出現一個袋子，「這是警方找到的袋子，也確實是失蹤兒童的……現在正在進行大規模搜山中。」

懷裡的小樊突然開始換氣過度似的喘著，整個人又抖又哭的，兩眼發直的看著電視。

「……認識的嗎？」厲心棠不安的問著，因爲電視正特寫著那個小提袋，小樊就這麼瞪著。

小樊發顫的點點頭，抬頭看向厲心棠的眼盈滿恐懼。

「是胖牛的。」

厲心棠跟著心頭一緊，下意識的即刻向左後方回頭，看向他那間緊閉的房門，她現在沒有被任何一位亡靈感染到情緒，但是她也看不見這屋子裡的任何阿飄，甚至是——小姐姐。

「你那個小姐姐在嗎？」她俯身低語，是在小樊耳邊說的。

結果小樊眼神下移，看向的卻是厲心棠的左手邊……她背脊瞬間發涼，不經意的挪正身子，看起來像是在看著新聞，但眼尾卻瞟著自己的左邊。

她坐的是三人沙發，左邊還有一格空氣位，爺爺是坐在與三人沙發呈直角的單人沙發上，現在的爺爺也是直勾勾盯著電視，眼神撲朔迷離，但是再怎樣都沒有比她左手邊的沙發，突然從些微陷落……到彈起的瞬間更令人想尖叫。

「她」一直就坐在她旁邊嗎？厲心棠抱著小樊的手也不自覺的用力起來！她不該忘記，座敷童子一直都在啊！

『你為什麼要找她？』

依舊穿著粉紅色運動服的小姐姐就站在厲心棠的面前，帶著悲傷與疑問的看著小樊。

小樊抬頭瞥了她一眼，旋即整個人轉過頭，再度埋進了厲心棠的懷裡。

厲心棠不敢妄動，看著小樊剛剛的視線方向，那個「小姐姐」只怕就站在她面前或附近吧！

小姐姐下顎緊收，明顯的顫抖，她運動服上曾幾何時已沾上飛濺的鮮血，甚至連那雙骨感的小手上，也都染滿鮮血，滴噠滴噠的往下滴著，她緩緩收握起小拳頭，終究難掩忿怒。

『我才是你的小姐姐！』

哭聲在山林中迴盪，但其實仔細聽，或許只是風聲穿過孔洞的聲響而已，但不知道爲什麼，在黑暗中會給人一種悲鳴的錯覺。

這天夜裡，山裡並不平靜，燈火通明，警察與搜救隊在這明明只有兩百公尺高的山林搜尋，這時才會發現這市民大眾運動的後山，其實還是有許多行人足跡無法抵達之處。

「大家都小心足下，沒有開發的地方一定要結伴，路況不明就先標記，等天亮再去！」搜救隊互相提醒著，「沒確定路面平整時，絕對不要輕易踩踏！」

「警察請跟著搜救隊走喔！不要隨便走散，這裡是山林！」

一隊一隊的出發、又一隊一隊的折返，許多人在中途交換再交會，平時感覺不大的山區，現在卻連要找區區一個小孩子都找不到。

「目擊者確定是在這段路上看見那個男孩的，但她說追上來時小子很害怕的往上爬……」一位年紀稍長的警官指著往上的階梯，「就這麼順著階梯往右一轉，人就不見了。」

說著，警官也跟著走上階梯，這裡的右轉非常平緩，轉彎後是石板小路，略有坡度，一路延伸約莫二十公尺後，再往上銜接另一段陡峭的階梯段。

手電筒在黑暗中左晃右閃，但即使這樣往前望去，兩旁就只是樹木，跟滿是落葉的地而已，沒有任何能躲人的地方。

「小孩子也不可能衝這麼快吧？衝得再快也應該看得見，因為前面的路是一直線。」警官的強力手電筒指向了遠方，「這邊兩旁也不是陡坡或是斷崖……」

他說了一堆，突然回身，照向了走在他身後、慢條斯理的男人。

男子依舊戴著耳機，從未有人知道他是否真的在聽音樂，但至少現在的他呈現滿滿的不耐煩與無力感，扶額的朝著警官走來。

「別照。」闕擎伸手擋住臉，嫌刺眼的遮擋，「我說好不容易才擺脫一個厲心棠，就換章警官你來找我麻煩。」

「這不是找麻煩，這是請求、拜託！」章警官和顏悅色的笑著，「我們找了幾小時了，這座山才多大？孩子撐不過一晚的。」

「撐不過也就他的命。」闕擎重重嘆了口氣，「我怎麼就擺脫不掉你們呢？」

「指個方向？」章警官瞇起眼，「拜託！」

就不該給章警官他另一支手機號碼！搞得他現在更怕章警官把號碼告訴厲心棠，莫名其妙有個弱點握在別人手上，逼得他不得不出來。

他不客氣的搶過手電筒，「無線電給我，我自己去。」

「不行！太危險了，我至少得跟著。」章警官堅決反對，他是找闕擎來幫忙的，不能陷他於危難之中。

「不行，你跟著是增加我麻煩，人要有累贅的自知之明。」闞擎毫不客氣的拒絕，「隨時留意無線電，沒反應的話半小時後再來找我。」

「我不跟著你的話，能上哪兒找你？」章警官緊張的上前。

闞擎頭也不回，逕直往上走，「你會知道的。」

他順著石板路走去，但沒十步就朝左方踏上落葉群，章警官再緊張也尊重他不敢跟上，要是能輕易找到孩子，他也不會使出這種手段，硬找闞擎出來幫忙了。

他任職多年，在轄區裡遇過都市傳說社的學生，也碰到像闞擎這樣明顯能看見亡靈的能力者，還有那個「百鬼夜行」的女孩，總之經手的案子非常複雜，但因爲這種「能人異士」見得多，需要時非常有助益。

他記得厲心棠平時看不見死者的，但是她有與鬼共情能力，會輕易被死者的情感及痛楚影響，但不是每次都會被感染；但是闞擎就不一樣了，他是個看得見的孩子。

他一直沒跟闞擎說，近來警界開始發出「黑色通知」，闞擎的名字就在其中，而且是赫赫有名！上頭有人在追蹤，不過他都不予回報，讓孩子好好過活不好嗎？

闞擎消失在看上去危險且無路可走的地方，章警官只能在原地等待，這幾年辦特殊案件過程讓他學到，永遠要相信有經驗值的人。

踩在落葉上，腳步聲變得很奇怪，獨身在黑暗行走的闞擎將手電筒的亮度調到最低，小心的踏穩每個腳步，山裡太多飄盪的亡者，就算是這個「市民後花」的小山裡，也不乏至今無主的幽魂。

他們激動的指向同一個方向，別說沒人攻擊他，或是跑來囉嗦，反而個個惶恐的指向同一個地方。

闞擎甚至到後來關上手電筒，讓眼睛適應黑暗後，世界並沒有想像中的漆黑……再黑，也沒有當年他處在那間密室裡的黑暗絕望吧。

沒多久他聽見了溪水聲，他扳過一棵又一棵的樹往上走，踩過一個個泥階，終於看到了一大堆亡靈圍繞的地方……他們竟然不敢靠近，圍成一圈觀望著。

有鬼意識到他來了，帶著驚訝的眼神看向他，交頭接耳的，他當然裝作沒看見，省得這些鬼纏上他；溪水就在附近，他眼前是一排樹，看起來只剩下左方有個沒有長草的地方可以踩上去。

五十公分的落差也不低，他腳再長也是得小心……他抓住右方的樹幹，一股作氣的跳上去——剎！樹幹居然濕滑，闕擎瞬間滑開了手！

啊！他咬著牙不叫出聲，但旋即有隻手超快的抓住了他！

闕擎愣住了，他兩眼發直的看向前方，沒敢往右上方瞧，但抓住他手腕的手輕易的將他拉起後，使勁往坡上送。

待他踩穩後，女孩的聲音幽幽的在後方響起，「你受傷的話，棠棠會傷心的！」

這聲音非常熟悉，怎麼覺得像最近當紅的某個女團藝人？

不過他沒去深挖，也不敢回頭，總之會提到棠棠，百分之百是「百鬼夜行」的鬼，只能道謝了。

今天初八，半月掛在天空，只有一半皎潔的月光依然可以照亮這一處僻靜。也可以照亮，五公尺前那具懸掛在樹上的小小身體。

還有他敞開的腹腔裡，垂掛下的一截腸子。

第八章 初遇之處

當晚，闞擎愼重的繞著吊著屍體的樹幹走了一圈，也很快的發現附近有間血氣沖天的小木屋，被樹木與雜草掩蓋，位在地平面之下一公尺，爲了不破壞現場，他並沒有踏入，而是帶章警官過來，再讓警方尋獲即可。

對章警官指引方向後，他便迅速離開了現場。

那裡血腥味極重，樹上的孩子看上去是被開腸剖肚，死狀極慘，加上附近的溪水聲，只怕前幾天在溪底發現的辰典也是在這裡被解決的。

命案雖然尚未被定義成連續殺人魔，但已經兩個幼童被殘忍殺害，記者們早按捺不住的下了這樣的標語，鏡頭裡拍攝受害者母親哭得淒慘的臉孔，巴不得特寫慢動作才有爆點。

「這也太可怕了吧！爲什麼會這樣對一個小孩？」同事們都在討論這個案子。昨天午夜找到屍體後，二十四小時的新聞都在播放這件事。

「說被開腸剖肚，而且有器官不見了！還說頭顱被刀子亂刺，全都是捅傷。」早班的女孩是個年輕的單親媽媽，「誰敢這樣對我孩子，我一定跟他拼命！」

「對啊！這絕對是變態，爲什麼要這樣殺孩子？」小剛也忿忿不平的說，「而且說死因是勒斃，還不是他身上那些傷耶！」

厲心棠微顫的手關上櫃門，手機裡有一大串小樊傳來的訊息，他很害怕、很恐懼，也因爲胖牛的事不敢去學校，很希望她去陪他。

「我不想跟爺爺在家。」

這句話讓厲心棠神經都緊繃起來。

「我要走了。」大夜下班的她朝同事們道別，想著是不是直接去找小樊？

「欸！心棠！」小剛急忙抓過包包也追上來，「要不要一起去吃早餐？」

早班的同事交換眼神，唉唷，小剛還沒死心耶，一直很努力想追厲心棠呢！

「咦？」厲心棠與他從員工休息室出來，有點錯愕，「一起吃早餐嗎？呃，我應該……」

「車站附近開了一間新的早餐店喔，非常好吃。」小剛有著陽光般的笑容，「一起去吃吃？」

新的嗎？是不是買去給小樊吃？他平常都不能吃零食，感覺很可憐，區區一個雞蛋糕都可以讓他興奮成那樣，是不是去買個漢堡跟薯條給他呢？先去照看他一下，然後……

唉，怎麼辦？她其實今天打算去高亦豐一家之前曾考慮過的其他房子瞧瞧的。

「嗯，不過我想外帶，我要去找人。」厲心棠算是答應一半，「我剛好可以買給他吃。」

「……喔，買給別人喔！」小剛心涼了半截，又不好問是不是要買給男朋友，「還是我們一起吃完，再外帶過去？」

他不死心的再問，非得爲自己製造點機會不可啊！

厲心棠其實根本沒在聽他說話，她還在掙扎到底是否要去陪小樊，還是帶著他去找線索？不過那個爺爺會准嗎？前幾天晚上的氛圍眞的非常奇怪，爺爺盯著她的眼神都讓她發毛，她現在已經搞不清楚到底是誰有問題？

還是都有問題？

叮咚，自動門開啓，發出響亮的聲響，小剛輕拉著她的外套，早餐店在左手邊呢。

只是，一出店門，外頭的戶外用餐傘區下，已經坐著一位全身黑色裝束、卻相當突出的男人。

「喂。」闕擎修長的指節敲了兩下桌子。

厲心棠這才回神，回頭嚇了一跳，當即走過去，「你怎麼來了……咦？你來接我下班嗎？」

闕擎略挑了眉，還接她下班咧，這女人想得美！他把手上的紙袋往前扔，「先吃，吃完我們就走。」

嗯？厲心棠困惑的打開紙袋，裡面居然是三明治，她又驚又困惑的看著早餐，完全不明白發生什麼事；身後的小剛心裡很不是滋味，他不是第一次看見這個男人了，帶著極強的神祕氣質，高冷倨傲，還有那實在好看的貴公子外貌。

但厲心棠說過她沒有男友。

「嗯，朋友？」他還是走過來問了。

然後瞧見了裝著早餐的紙袋，正是他原本要帶她去的那間新開早餐店……被人先馳得點了！

「啊，對！不好意思，我就不跟你去了，掰。」厲心棠直接拉開椅子坐下，「你居然跑來等我，很驚喜耶！」

闕擎並沒有當小剛存在，手裡還拿著那間早餐店的咖啡慢慢喝，而厲心棠也沒有再正眼看過小剛一眼，而是興奮的取出紙袋裡面的飲料，心情超飛揚。

小剛相當沮喪，好不容易厲心棠願意跟他一起去吃早餐的，怎麼會跑出一個程咬金？這個男生到底是她的誰啊？

直到小剛轉身，闕擎盯著桌面的眼睛上移，才瞄向那帶著不滿與遺憾離開的背影。

「大夜班的同事？」他淡淡的問。

「嗯，就小剛啊。」厲心棠大口咬下三明治，「你跑來找我一定沒好事，是不是也覺得哪邊怪怪的了？」

「哪邊怪怪的？」他順著她的話反問。

「我前天晚上去陪小樊，他都快嚇死了，他好像早知道胖牛出事……但我沒敢進他房間，也看不到座敷童子。」厲心棠略顯無奈，那種共情太疼了，她俗辣，「可是，連他爺爺都很詭異。」

「爺爺？噢，那個去接他的？」

「對，我說不上來，他的眼神就是很奇怪，看得我心裡發毛，而且他對胖牛的失蹤也顯得很平淡。」厲心棠差點噎住，抓過飲料喝了一大口，「胖牛的初步驗屍新聞你看見了吧？」

「嗯。」闕擎點點頭，「死得很慘，又是生前虐殺，還在一個常人根本不會發現的地方，辰典應該也是在那邊遇害的，那邊有間小木屋，裡面滿牆滿地的鮮血。」

厲心棠捏著三明治卻愣住了，「小木屋？有這個嗎？你怎麼知道？我追了一晚的新聞沒瞧見什麼木屋？」

闕擎眼神朝旁飄離，新聞沒報啊？她當然不知道，因爲屍體是他找到的，他哪需要看新聞。

「我問章警官的。」闕擎搬出了擋箭牌，「總之那是個連大人都不會去的地方，小孩不可能無緣無故去那邊，現在死兩個，共同點就是都曾欺負過小樊。」

「……」厲心棠再咬了一口三明治，「我現在覺得不安的就是這個，如果是座敷童子下的手，還要選地方嗎？」

「這難說，說不定人家有儀式感。」闕擎倒是覺得不一定，「而且座敷童子下手的話，也不可能去牽連到她所保護的家。」

厲心棠大口喝著飲料，像是想把三明治吞下去似的。

「基本上座敷童子這樣殺人就離譜啊！」厲心棠非常關心的趨前，「你要不要陪我去小樊家一趟？座敷童子生前也是人，她如果一連殺掉兩個人，那應該已經變成……惡鬼了吧？」

「嗯……按常理來說是，而且會越殺越凶！我記得妳說過，欺負小樊的是一票？」

「四個人。」想到這裡她就更不安了，「我也覺得那女孩遲早會殺紅眼的！好了，我們先去小樊家一趟吧，他快嚇死了！」

看著她匆忙收拾垃圾，闕擎即刻壓住她的手，「為什麼要去他家？座敷童子絕不會傷害他。」

「他怕的是爺爺。」厲心棠嘆口氣，「昨天晚上他就說他很害怕，我也覺得小樊好像早知道胖牛出事，抱著我時全身都在抖，連座敷童子都不能成為他的港口，看他對爺爺多有畏懼。」

闕擎迅速的消化她那邊的新進展，但還是搖頭，「爺爺再怪，小樊也有小姐守護，他那邊絕對不是重點！妳應該已經問了別的事吧？」

嗯……厲心棠眨了眨眼，還是把她原本今天的打算全說了出來。

她這幾天去接小樊放學也是有目的，除了多陪陪孩子，買點心看小樊笑顏外，就是跟爺爺聊天！事實上她覺得高氏夫妻的吵架很無理，兩個都像每天吃十斤炸藥一樣，誰說話都是動輒得咎，但是從爺爺或是小樊嘴裡聽到以前的他們明明是恩愛夫妻，而且個性屬於溫和低調派的。

一切似乎都是從搬到這個家開始。

但是屋子乾乾淨淨，甚至有座敷童子鎮守著……好，雖然這位座敷童子也很有問題，厲心棠就是覺得一切都是她搞的鬼，所以問題就在——這位座敷童子怎麼來的！

所以她問了爺爺之前他們住哪裡？在那兒住時有發生過什麼怪事嗎？或是曾

聽過、看過什麼怪異現象？

爺爺都說沒有，不過提到了之前找到這間房子的意外過程，以及高亦豐之前他們曾經差點住進疑似凶宅的屋子，多虧鄰居提醒才沒租下，恰好同一天，神奇的發現這間屋子的招租廣告。

「神奇的定義？」

闕擎已經跟厲心棠在騎往車站的路上，事不宜遲，他們立即動身出發。

「因爲租屋廣告是小樊看見的，車子剛好在停紅綠燈，那塊牌子超級小的立在路邊還是裡面點的位子，視線怕就只有小朋友才會留意到！」厲心棠將車停妥，「結果價格、位子、學區都剛好是他們要的，媽媽還說是那房子喜歡小樊，才讓他瞧見的。」

「但這間大家都滿意的房子，卻讓夫妻吵架、失業減薪、個性變火爆。」闕擎揉揉眉心。

「還有小樊口中的小姐姐，也是從搬過去開始，我有問爺爺，他說搬進去第一天時，小樊就問過小姐姐可以跟他住一間嗎？」

從這裡推斷，那個小姐姐不是在那間房子裡才出現的，小樊在這之前就看過、並且與之以姐弟身分相處了！

「所以我們現在要去……他們之前的租屋處嗎？」進入捷運後車廂很空，闕擎找個角落坐下。

「對，除了之前的租屋處外，我也問了他們去看過的房子，尤其疑似凶宅那間。」她忍不住打了個呵欠。

嗯……闕擎緩緩點頭，他想知道的是，不屬於那間屋子的座敷童子，爲什麼會如此守護著那個男孩？

捷運高速前進，上方吊著的手把左搖右晃，右肩突然一陣沉重，厲心棠咚的就往他肩頭靠上睡去；他沒有叫醒她，而是看著站在他面前的龐然大物，全身破碎、滿是鮮血，拉著握把在張嘴想說話。

但因爲肢體太破碎了，頭也扭斷，導致話都說不清。

闕擎微微伸直腳，制止對方一直像腿軟似的想倒下來，不客氣的抬頭望向他，這傢伙到底想做什麼？

『啊……剎……』掛在眼眶外的眼珠晃呀晃，帶著一種渴望看向闕擎。

「沒人叫你臥軌，怨不得人。」闕擎輕蔑的說著，反正右邊這個徹夜未眠的傢伙一時叫不醒。

『嗚……』對方伸手向厲心棠，闕擎厭惡的用繞在掌上的佛鍊朝前揮去。

他是為這個自殺的傢伙好，眼睛也不擦亮點，厲心棠也敢碰？

「別吵她，這次最後一次警告。」闕擎視線停在亡靈的頸子上，冷冷警告。

亡靈錯愕，事實上他連第一次警告都沒有啊！

自殺的亡靈只是想要分享一點死前的憂鬱與苦痛而已，而且希望這個男孩能幫他帶話給那個害他跳下鐵軌的爛人——

闕擎騰出左手擋下他，亡靈不爽的即刻看過來，正巧迎視闕擎的雙眼。

他凝視著這個被撞到支離破碎的亡靈，他對這種自殺亡靈絕對沒好感，想死有很多種方法，卻挑了一種影響大眾交通、心情、還會害駕駛員有創傷後遺症的死法，眞是自私自利到極點。

現在還想做什麼？想對家人還是仇人說什麼嗎？建議生前就說好，別死後才想找人幫忙。

『啊啊……哇啊——』亡者突然痛苦的向後跌跌撞撞而去，靈體不協調得扭曲歪斜，然後再某個瞬間像是被撞擊般的四散，消失在空中。

剩下的，就是那未曾停歇的慘叫聲。

闕擎揚起微笑，清靜多了，眞好！

他挺直不動，直到快到站時，才挪挪右肩，叫醒那個値完大夜都沒睡覺的傢伙。

「嗯？啊？」厲心棠睜眼，惺忪得搞不清楚天南地北。

「下一站。」闕擎逕自起了身，幸好這女人沒流口水在他身上。

下一站……啊啊！開機完畢，厲心棠趕緊站起跟上，她什麼時候睡著的？天哪！揉著雙眼走出車廂，這才慌張的要查地址，原本是希望在車上找好的。

但是闕擎並沒有催促，最後發現地理位置距車站不過十分鐘，他們就決定步行前往了。

原本要先去上一個租屋處，但既然他們家曾遇過凶宅，當然要去機會比較高的地方。出捷運站後會經過一處小公園，炎夏中沒什麼人會到公園曬太陽，裡頭空盪盪的，只有盪鞦韆在那兒晃悠。

厲心棠看著鞦韆擺盪，還認真的伸手在空中感受一下，都沒風啊！

「有三個小朋友在玩。」在闕擎的眼中，看見的是三個孩子亡靈黏在一起玩著鞦韆。

舉目所及，這附近其實挺不錯的，安靜又有公園，地縛靈也不多，遊魂更少，順著地址找到那棟房子，一層樓裡有十戶，分散在一條長長的走廊上，活像宿舍似的。

走出電梯，看見一整條亮白整潔的走廊時，闕擎忍不住哇了一聲。

「怎麼啦？」厲心棠發現他停了下來。

「有夠明亮的，乾乾淨淨。」他邁開步伐往前走，「都快發亮了。」

「嗄？有這麼乾淨嗎？」厲心棠邊走，都可以看見這女兒牆上的灰塵啊。

「沒有鬼，一隻都沒有，整棟就這條走廊乾淨到爆。」他忍不住笑了起來，「這場景似曾相識啊！」

厲心棠立即警覺，「在高家你也說過一樣的話！」

「對，我看我們沒找錯地方，可以處理到這麼乾淨不容易。」闕擎抬頭看向天花板，不知道是針對這層樓，還是樓上也這麼乾淨呢？

終於來到那間待售屋前，不過大門緊鎖，看來沒預約看屋真的很難進去！厲心棠即刻上網查詢，找到物件所屬的仲介公司，一通電話就打過去，表示他們現在就想看房。

「十分鐘。」厲心棠切掉電話，笑得一臉燦爛，「馬上過——」

啊！她突然打了個寒顫，指尖下意識的顫抖……揪著心口就緩緩蹲下身去。

「這裡沒東西啊！」闕擎謹慎的上前，「喂！」

「我只是……很害怕而已。」厲心棠忍不住的心慌，她正感受到強烈的恐懼。

跟在高家那種被暴打的恐懼不同，現在是一種打自心底的發慌，害怕某件事或是某個人，只是想像都會渾身發抖的那種。

闕擎輕扣她的肩，防止她突然暴走還是往下跳，雖然只是二樓，但女兒牆一翻就下去了，亡者強大一點就能帶她的情緒跟意識跑的！結果厲心棠只是難受害怕得哭了起來，抬頭看向他時，一雙汪汪淚眼，楚楚可憐。

「太可怕了，我不想要這麼抖！」她嗚咽著，直接環住了闕擎，「放過我！拜託放過我！」

闕擎嚇了一跳，第一時間抓住她的雙臂就想推開，他非常不喜歡身體上的接觸，但是厲心棠抖得實在太厲害，是打從心底湧出的恐懼正襲捲著她。

這裡的亡靈，在害怕著什麼嗎？

「他們怕什麼，麻煩多感受一下！」他最終忍住推開她的衝動，「跟著他們的情緒走，我在這裡，妳不必擔心。」

厲心棠看著他的眼底盈滿淚水，她一點都不想去感受，但是……又一波尖叫傳來。她的意識幾乎完全被亡者的情緒帶走了……實在太嚇人了，他們只是長久窩在這裡的亡魂，有時根本沒有意識，但也被那場景嚇得不輕。

大家幾乎是瘋狂的逃竄，卻不知道能去哪，逃難似的狂亂！有什麼能讓這些亡魂們恐懼？一般除了驅魔者打算封了他們外，幾乎很少有這種狀況，店裡工作的亡靈們都說了，多數的靈體甚至不知道自己已經死了，就是無意識飄盪著而已。

可是，現在就是有某種東西，引發了他們的意識與恐懼。

電梯聲響，有人匆匆的走了出來，「啊！抱歉抱歉！」

唰……恐懼感在一秒內從厲心棠身上抽離，她登時鬆了口氣，身子癱軟，闕擎都能感受得到。

「眞抱歉，讓你突然跑一趟！」闕擎主動上前應對，給厲心棠整理情緒的時間，「我們突然想看這間房子。」

「不會，幸好我就在附近。」房仲笑吟吟的，趕緊開門，「不過很少人這樣說來就來！你們從哪邊看到這間房子的資料的？」

「朋友介紹，說之前曾經看過一個採光跟坪數都很理想的屋子。」闕擎的進退應對本就不差，但平時就是不願與人交集。

此時的厲心棠已經恢復，只是衣服都被冷汗濕透，一時還緩不過來，就待在闕擎身後不多話。

「哦！有眼光啊！這間屋子採光眞的一級棒，每一個地方都有大片窗戶！」房仲愉快的推開門，「請進！」

果然是非常明亮的一間屋子，一開門就能見到窗外射進的陽光，室內一片通亮，如果住在這裡，不加裝窗簾的話，估計每天天亮就會醒了。

剛剛才被阿飄感染情緒的厲心棠因爲磁場還連接著，所以現在是能看得見的狀況，只要是比較誇張的魍魎鬼魅她都能瞧見，就像那天看見座敷童子一樣。

「哇……」兩個人不約而同的哇了出聲，背靠著背，站在客廳中間幾乎是從天花板一路看到地板。

房仲瞇起眼，喜歡他們的讚嘆之語。

簡直是逼人的血腥啊！厲心棠吃驚的看著從這間屋子自天花板到地上，滿牆滿室的血跡，而且有的甚至不是血，而是有著殘餘的靈體在上面；她往前一步，卻差點滑倒，緊緊抓住闕擎的衣服。

他及時扶穩她，兩個人低頭看著，舉起的腳底都有黏呼呼的東西，看上去像是一張臉。

「抱歉，地板打了蠟。」仲介得意洋洋的說著。

「噢，是啊！」厲心棠笑得心底發寒，這種蠟也太別出心裁了吧！

這是靈體啊！被撕碎的靈體到處都是，她突然感受到悲傷的看著這間屋子所有的碎靈，有種想計算到底有多少個靈魂的想法。

闕擎已經走向其他房間，厲心棠焦急的跟上，別間房間也是一樣的慘狀，只是客廳最多，看來出事時是在客廳。

這裡的確不是凶宅，闕擎走向一面牆，那上頭沾著某半張臉的碎片，這裡發生的屠殺，是屠殺亡靈的，不是人！

「這還有意識嗎？」厲心棠跟在旁邊戰戰兢兢的問，「如果魂魄都被撕碎了，意識有時候是回不來的！它們會飄盪出去，四分五裂，或是依附在別的靈體上。」

「屋子裡沒有殘存的意識了，但是妳剛剛感受到的恐懼是眞的，卻不是來自於這間屋子。」闕擎伸手撥掉了那半張臉皮，再度環顧四周，「可能來自於別的目擊者。」

嚴格一點，目擊的鬼。

「怎麼了嗎？」房仲聽見他交談，連忙過來詢問。

「請問一下，之前這裡的住戶為什麼搬走啊？」厲心棠立即提問，「有出過什麼事嗎？」

這問題一出，房仲臉色丕變。

「你們是不是聽到了什麼？隔壁那個女人又亂說話？這間屋子乾乾淨淨，什麼事都沒發生，眞的是因爲屋主移民，想賣掉這間房子！」房仲不耐煩的扯了嘴角，「前屋主是住在這間房子裡發家致富的，這是風水寶地啊！」

「哦，是這樣啊！」厲心棠綻開無害的笑容，「所以前屋主現在就在國外，然後委託你賣這個風水寶地？」

「對啊！他就是想賣掉，又沒人在國內可以幫忙，所以才委託我們幫忙賣！」房仲認真上前，「喜歡的話，價格好談！」

闕擎倏地朝向門外走廊的方向望去，感受到一股強烈氣勢，還有穩健的腳步聲。

「你怎麼不說說，前屋子發家致富後，卻發了瘋殺掉自己的妻子跟孩子？」帶著點菸嗓的男人出現在門口，「他逃到國外去，現在正被羈押中，所以他親人才出面處理這棟房子？」

斯文的男人穿著寬鬆的白色襯衫，修長的指頭隨意的敲了兩下門板示意，旋即就走了進來。

「哇塞，這也太過精彩！」他開始環顧四周，那眼神跟他們一模一樣。

這個男人看得見！厲心棠還沒來得及反應，高跟鞋聲跟著傳來。

「可以再臭一點，幾百里外就聞見了！」一個非常高大的女人直接走進。

「哇、塞！」

女人瞠目結舌的看著牆壁，再抬頭看向天花板，不客氣的伸手打了打菸嗓男，像是在說，看見了沒看見了沒？

厲心棠下意識拉開距離，退到闕擎身邊，闕擎則從大門左方的房間中走出，好奇的看著兩位不速之客。

「喂喂，你們是哪位？」房仲急紅了眼，「你們不要聽他們亂講，是不是走錯地方了啊？」

「眞幸運啊，剛查到就有人來看房子，恰好能讓我們進來！」女人笑得滿足，一轉身，朝厲心棠頷首。

只是她微側頭，看見闕擎時，嘶了好長一聲，歪了歪頭。

「我們有話要談！想請您迴避一下！」闕擎突然間大步走向房仲，一邊把他逼出門外，「就五分鐘。」

「什麼？等等，你們不能這……我——」房仲話都沒說完，直接就被闕擎一把推出屋外。

關門、落鎖、上門。

「喂——」門外傳來氣急敗壞的敲門聲，闕擎轉頭看向呈防備姿態的那對男女。

「我們兩個也都看得見，很嚇人的場景，這像是亡靈屠殺。」闕擎開口先誠實以告，降低對方的戒心，「而且這層樓乾淨到嚇人，居然沒有任何一個地縛靈。」

菸嗓男與高大女人交換神色，然後女人走上前。

「地縛靈都被嚇死了，浮遊靈全都躲到其他屋子裡去了，沒人敢靠近這層樓。」女人笑了起來，「其實他們大可不必這麼恐懼的，因為那個凶惡的傢伙早就不在了。」

「被嚇太久了吧，算算在這邊也盤鋸了好幾年。」菸嗓男接口，「我去裡面找找！」

女人頷首，菸嗓男即刻朝其他房間步去。

找什麼？厲心棠好奇的望著，這兩個人好特別喔！氣場超強大的，強到一般人都能看得出來。

「可以請問你們在找什麼嗎？為什麼會知道這裡發生的事？」厲心棠禮貌的發問。

「一樣的問題，先問你們。」女人挑了眉。

「我們就只是來看房子，主要是朋友上次來，說了房子很好，但隔壁鄰居說這裡是凶宅……」闕擎淺淺一笑，「我剛好看得見，想來看看多嚴重。」

「喔……不算凶宅啦，這些靈體都被撕碎了，連投胎都不可能了，倒是不必怕。」女人上下打量了闕擎，「不過你磁場不太適合這裡，太陰了，你看外面陽光多明媚，住這裡對你不好。」

眞謝謝喔！闕擎心裡翻了個白眼，覺得自己被反諷了。

「這是什麼造成的呢？」厲心棠繼續問。

女人還沒回答前，菸嗓男走了出來，不知何時戴著手套，手裡握著一團……肉泥。

「姐！找到了！」他把那團東西遞到女人面前，「死透了。」

姐？喔喔，是姐弟喔，長得還眞不太像！厲心棠好奇的打量著，不過各有特色，英姿颯颯的。

「果然！無一倖免！」女人指向了掌心的那團肉泥，「瞧見沒，跟你們正式介紹，這是這間屋子的座敷童子。」

咦！厲心棠跟闕擎同時大爲震驚，「座敷童子!?」

「沒錯！我們在找一個凶惡的傢伙，專殺座敷童子，只要他想留在哪一戶人家，他就會殺掉原本的座敷童子。」女人指指滿牆滿地的慘狀，「看看這景況，他還會把附近所有的靈體全部殺光，眞的方圓十公尺只剩他一個。」

「樓上樓下的靈體只要讓他覺得有威脅，照殺不誤。」弟弟計數著，一邊把手上的東西朝角落扔掉，「這是第幾戶了？」

「以我們所知的情報來說第七了，很糟啊，死傷慘重！」女人頓了一頓，「喔，這不單只是鬼啊，活的也死傷慘重，前任屋主你們也知道了，我們是前前任委託的，希望我們找出害他們家破人亡的罪魁禍首。」

「為什麼……要殺座敷童子？」厲心棠喃喃的說，「座敷童子是可以被殺的嗎？」

「人也分等級，鬼自然也有！但我們現在在追的這個很特別，他不像厲鬼，不算殺人，只針對他想守護的對象。」女人沉吟幾秒，「簡單來說，他想成為這個家唯一的守護者，就要幹掉原本的守護者，鳩佔鵲巢的概念，懂？」

闕擎突然打了個哆嗦，「所以，屠殺者也是座敷童子？」

「欸！」女人雙眼亮起光芒，「很懂耶你！」

厲心棠都傻了，不可思議的看向闕擎，「我的天哪！座敷童子殺座敷童子！就因為他想待在這個家……有想守護的人！每一個出事的家庭都有孩子嗎？」

弟弟瞇起了眼，與姐姐再度交換眼神，這兩個人很懂喔。

「對，每一家最後都很慘！就算孩子活下來，精神也都近乎崩潰！因為這位座敷童子保護的心態非常詭異。」弟弟微微一笑，「情報說到這邊也差不多了，兩位是同行嗎？」

「不是，但我們的確在找人。」闕擎立即回應，毫不隱瞞，「在找一個可能是鬼、可能是座敷童子的來源。」

「在哪裡？」女人即刻感興趣的上前。

「還不能說，但我保證，只要確定是你們要找的人，我一定交給你們解決。」闕擎鄭重其事，「我就問，你們在找的這個座敷童子是男孩女孩？」

姐弟倆看著闕擎，微笑不語，當他們傻子嗎？萬一是同行，這競爭可就激烈了。

厲心棠知道這氛圍，店裡每次有惡鬼或是惡靈談判時都有這種藏著刀的假笑，最後都要叔叔他們斡旋好久喔，累死人了。

「我是百鬼夜行的人，我們真的不是同業。」厲心棠主動出聲，「我就是在社福單位幫忙，遇到了奇怪的事情，想查一下我關心的孩子會不會受害而已。」

「百鬼夜行？他們不管人類事吧！」女人果然知道，但立即防備的瞄向厲心棠，「那妳是──」

「對，店裡規定不行插手人類的事，但我是唯一的人類。」她自白身分，

「我是被養大的！」

「哦～哦～——」這姐弟倆異口同聲，雙眼亮晶晶，「聽過聽過，妳就是那個被鬼養大的鬼娃耶！」

鬼娃咧，厲心棠笑得有點勉強，每次有人知道她，前面都是加這樣長冠詞！

闕擎笑了起來，這名稱真有趣，看不出來厲心棠在某個圈子裡還挺有名的嘛！

「百鬼夜行的朋友我們就不刁難，但也不想打交道哈哈哈！」女人爽朗的大笑起來，「那個血腥的座敷童子是女孩，她曾經長期受虐，死後因緣際會變成座敷童子——但是，我們不知道詳細原因。」

「不知道？」闕擎懷疑，都查到這當口了。

弟弟已經從懷中拿出筆記本，在上頭唰唰地寫起字來，「調查起源我們沒興趣，我們主要是想知道她人在哪裡，好收了她。」

唰——弟弟撕下筆記本的紙，上前遞給闕擎，上頭是地址、姓名，與關鍵字，簡單的線索詞。

「一定是很可憐啦，確定是被虐殺而亡的，名字是她父母給的，應該都查得到。」姐姐勾起微笑，「交換情報喔，百鬼夜行的妹妹。」

「我會！只要確定是同一個，知道她在哪邊，一定告訴你們。」厲心棠做出發誓狀。

「雖然我覺得你們已經知道在哪裡了，但我們也不錯殺。」弟弟禮貌的頷首，「提醒你們不要想著找源頭解開心結這一套，這個座敷童子已經殺瘋了。」

「明白，我們本來就沒打算淨化她。」闕擎莞爾一笑，「我只是陰陽眼，沒那個能耐。」

厲心棠跟著搖頭，她就一區區人類啊，不會淨化。

門外的房仲還在拼命敲門，姐姐轉身猛然拉開門，人高馬大的逼近嚇得房仲不敢多話。

弟弟上前朝闕擎遞上了名片。

「等你的電話。」

弟弟漂亮的眼睛看向闕擎，卻又在闕擎抬眼的瞬間避開。

姐弟倆帥氣的離開，厲心棠心臟砰砰砰跳著，說實在的，這兩個人都好帥喔！

她趕緊湊到闕擎身邊去，名片上就印著兩個名字，加上一組電話，連個抬頭都沒有。

「唐恩羽，唐玄霖。」

第九章 爺爺

厲心棠午後就回「百鬼夜行」睡覺了，闕擎看著那些關鍵字，心裡有更加罣礙的事。

騎車來到警局，朝裡面的人打聲招呼，警局的人幾乎都已經認識他與厲心棠，手指向裡頭，還交代了聲「章叔正忙」。

但再忙，章警官還是會見他的。

「來啦！」章警官抬頭見到他，指指旁邊，「坐。」

「一副知道我會來的樣子。」闕擎難得笑了。

「你不來我也會找你來……先說正經的，謝了。」章警官誠懇的道謝，「沒有你，我們不知道什麼時候才找得到孩子。」

「我沒幫也不會太久，這麼熱的天，兩天就爛了，尋屍犬一下就能找到。」闕擎冷冷的講述事實。

「唉……可憐的孩子。」章警官搖了搖頭，「死得眞的太慘了！他還是被吊死的，死之前腹部被切開，內臟被拿出來……我們還找不到那些臟器咧！而且你知道吊死他的還不是繩子，是刺鐵絲。」

闕擎略挑了眉，沒想到座敷童子這麼有創意？

爲了替孩子出氣，還眞是不遺餘力啊！

「後面那間低於地平面的小屋，應該比想像中精彩。」

「非常精彩，到現在還沒蒐證完畢。」章警官神色相當凝重，「孩子是在那邊被傷害的，時間很長，那小小的孩子是怎麼撐過的……」

章警官鼻酸的看著手上的文件，所以沒有看見一旁的闕擎只是輕輕撇著頭，嘴角揚起一抹淡淡的笑意。

「人類其實比自己想像的堅強很多。」

「嗯？」章警官沒聽清，抬頭看向他時，闕擎收起了嘴角，「你剛說什麼？」

「前一個孩子是不是也在裡面被殺？」他從容的回應。

「還在查，但裡面非常可怕，我們怕不只是兩個孩子這麼簡單而已……唉。」章警官重重的嘆口氣，「必須對照所有未解案件了！居然在我眼皮下這麼久，卻沒人發現……」

「那裡一般人不可能到，連條路都沒有，但卻偏偏還有間木屋，有查到是誰的嗎？或是有什麼跡證？」

「這眞的不知道，裡面沒有任何證件，基本上那是公家的地……不過，倒是出現了除了小孩子之外的足跡。」章警官滑著手機，「扣掉你的鞋印外，還有一組大人的鞋印，以及這個。」

他轉動手機遞過去，螢幕裡是一個獅頭鑰匙圈……有點眼熟啊。

闕擎皺著眉端詳，他確定看過這個東西，這種鑰匙圈且可以勾證件，他當然不會戴這種東西，療養院裡的醫護也不會……他所接觸到的人就這樣，還有誰會有？

感受到一旁專注渴望的視線，闕擎瞥過去，果然是章警官。

「怎麼樣？」他緊張的換氣。

「我不是靈媒好嗎！你期待我看著東西，就能告訴你誰是主人？」闕擎直接翻白眼，「就算看得見，也不是全部都瞧得見，很多事是挑磁場的。」

「噢……噢噢！」章警官尷尬的擠出笑容，他就只是存個期待嘛！

不過，闕擎再看了眼這鑰匙圈，他確實見過……不是身邊的人，路上匆匆一瞥？還是……那天在學校旁，小樊的爺爺褲頭上，就掛著木刻的獅頭鑰匙圈！

唰啦，椅子因為闕擎激動站起而後推，他瞪圓雙眼吃驚的倒抽一口氣——小樊的爺爺！

對！那是小樊的爺爺，褲腰帶上勾著的，他拿出手帕時還叮叮噹噹。

「闕擎？」章警官自然嗅出了不尋常，「是誰的？」

「我不能妄斷，等我！等我——我要打給厲心棠。」闕擎深呼吸，讓自己冷靜。

厲心棠說過爺爺變得很奇怪，而且始終跟在小樊身邊，前夜更是詭異的盯著她，甚至對胖牛的出事顯得淡然。

想起其他屋子被撕碎的座敷童子，如果小姐姐要出手，倒不必這麼費工是吧？就算不想牽扯到高家，那也不需要特地跑到山裡小木屋去啊！屋子裡又不是只有一灘血……但如果是人爲的，反而能解釋得通。

座敷童子之間可以輕易相互殘殺，但如果她想解決的是人呢？是不是透過人的手，更簡單些？

他即刻抽起電話，順著指示撥打了厲心棠的手機，「妳在哪？睡覺嗎？」

「……」電話那頭一片沉默，顯得莫名其妙，「厚，嚇死我了，這是哪裡的電話？我跟你說，我現在沒空，我要去找小樊！」

男孩再度求救，錄音留言訴說著恐懼，拜託厲心棠去救他，但是前天晚上去他家的事被潘瓊雯舉發，小滿姐氣得火冒三丈，傳了落落長的訊息指責她，說這愚蠢的行爲，未來會影響到他們社工做事。

所以，她再急，也是得找小滿姐一起去。

「妳什麼時候跟小孩子交換聯繫方式的？」小滿一見到她果然還是怒不可遏。

「我去接他放學的時候。」厲心棠倒也誠實，「我跟他爺爺一起的，小樊就一直很不安啊。」

「我是他父母我才要不安咧，無緣無故加陌生人爲好友，而且對方還會直接衝來我家——厲心棠！」小滿咬牙切齒的說，不停的深呼吸。

「好好好，我知道我知道！但現在小樊求救，先陪我去再說！」厲心棠雙手合十拜託她息怒，「我眞的很怕他有危險！我們先去再說！」

她們已經在計程車上，還是厲心棠十萬火急坐計程車先接小滿、再一起過去高家的。

「沒有具體事證證明父母虐童，孩子也準備要安排就醫，而且那天最奇怪的人是妳……棠棠，妳明明知道那個孩子有妄想症的，不該隨他起舞。」

望著小滿姐的義正詞嚴，厲心棠實在很無言。

「他沒有病，他沒說謊。」她終究沉重的嘆了口氣，「我也看見他口中的那位小姐姐。」

小滿在刹時間愣住，她瞪圓雙眼看著厲心棠，這是怎麼回事？厲心棠不該也有妄想症吧？

「我不是在無理取鬧，我當然就是覺得有問題才會想護著小樊。」厲心棠趕緊解釋，「溪裡的屍體是我發現的，我前晚去他們家也是小樊主動求救，他在害怕，而且他早知道胖牛出事了！」

面對厲心棠所說出的話，小滿一時完全無法承受，那天孩子「牽」出的小姐姐，在場根本沒人看見，現在厲心棠卻說她瞧得見，小滿又想起那天厲心棠在小孩房間裡失控的場景與動作，跟……中邪有點像。

小滿嚥了口口水，「棠棠，妳現在在說，妳、妳看見……」

「對，就是妳想的那樣。」厲心棠肯定的點頭，「啊司機大哥，前面那根電線桿停一下……謝謝！」

他們來到了小樊住的社區，只是厲心棠都還沒關上車門，就看見迎面走來的警察。

「展哥？」她愣愣的看著警察，再看向小滿，「小滿姐，妳叫來的？」

「當然，不然我莫名其妙去敲人家家門，又要說虐兒嗎？」

「就朋友來找孩子嘛！」厲心棠想得甚為天眞。

「妳是因爲跟著我工作，才拿得到那家人的個資，還去學校騷擾孩童，厲心棠，妳知不知道問題的嚴重性啊？」小滿頭實在很痛，這件事最好可以這麼簡單用「我們是朋友」帶過。

「怎麼又是妳？」展哥看見厲心棠，百感交集，「妳知道第一個孩子的屍體是她發現的嗎？」

小滿愣住，看向厲心棠時狠狠倒抽一口氣。

「我剛說過了！先去找小樊啦，他訊息傳不停，一直在說救命……」厲心棠點開手機才想看訊息，電話卻來了，「什麼啊？」

市話，但是沒見過的來電啊……厲心棠遲疑了一會兒，一邊走一邊往社區裡衝，先走再說。

見她移步，小滿他們也趕緊跟上，展哥低語著問怎麼回事？他現在很忙，突然找他來這個不相關的家訪是爲什麼？小滿聳肩，跟警衛打招呼登記，追在厲心棠身後跑。

她正接著電話，朝高家住的那棟樓奔去。

「妳在哪？睡覺嗎？」

才接通就聽見熟悉的低沉且無感情聲音，這讓厲心棠再多看了一眼手機，這哪兒的市話啊？療養院嗎？

「厚，嚇死我了，這是哪裡的電話？我跟你說，我現在沒空，我要去找小樊！」

厲心棠話說到一半，突然打了個寒顫，有種懼於向前的感覺。

「爺爺——」

驀地，上面突然傳來可怕的叫聲，厲心棠一聽就知道是小樊的，她趕緊抬頭，卻看見一個身影從上頭落下……後頭有大喊著小心，厲心棠根本沒有反應，就被人狠狠的往後拉。

「哇！」踉踉蹌蹌，厲心棠絆到了自己的腳，即刻摔落在地，手機也飛了出去。

磅！幾乎同一時間，上頭的人落了下來，血花炸開，濺了就近的厲心棠與小滿等人一身是血！

厲心棠戰戰兢兢的坐直身子，看見距離他們就只有一公尺外那癱軟的人，躺在這社區中庭裡，而自己的身上臉上，全是他的鮮血！

「啊……天哪……」小滿顫抖著身子，打量著自己，再趕緊看向厲心棠，「沒事，棠棠，怕就別看！」

厲心棠短促的搖頭，她不怕，「百鬼夜行」裡常有跳樓自殺的鬼，他們的頭是扁的，後腦殼空空如也，因爲有時在跳樓中途撞到別人家的冷氣機或物品，腦子就會衝破腦殼飛出去。

「冷靜，大家冷靜！」展哥聲音比誰都緊張，「你們別動喔，身上都是跡證……」

緊接著，展哥利用無線電報了警，「這裡有人跳樓，需要支援！」警衛也衝了過來，夭壽喔阿彌陀佛後，才回神看見有警察在場，好里加在。

「哇啊啊啊……爺爺！」

哭聲自樓上傳來，厲心棠緊張的抬頭，這聲音不是在十樓，是更上面！她立即起身，直接就往大門衝。

「喂，厲小姐！」展哥措手不及，看著她繞過屍體衝到門口。

「去……去幫她開門！」小滿焦急的看向警衛，「孩子在頂樓啊！」

警衛被這一喊都慌了，立即折返進警衛室協助打開大樓的門，厲心棠渾身是血的衝進電梯，一顆心跳得飛快……鏡子裡映著她滿臉是血的狀態，那個跳下來的人，是爺爺。

是那個總是笑著的、接送小樊上下學的爺爺啊！

電梯門一到頂樓，厲心棠飛快的衝出去，還要再跑兩段階梯才能抵達頂樓，厲心棠焦急的向上衝，卻突然在逼近門口時煞了車。

門口，站著那個小姐姐。

「是妳幹的嗎？」厲心棠也很驚訝，她居然又看得見座敷童子了！看來小姐姐希望她看得見。

『走開。』小姐姐指向樓下，『妳走開，誰叫妳來的！』

「小樊叫我來的。」厲心棠喉頭緊窒，往前踏上了一步，她都可以聽見小樊的哭聲了，「他哭得這麼慘，妳沒聽見嗎？」

『我的弟弟我自己會照顧！用不著妳管！』小姐姐一秒咆哮猙獰，驀地衝向厲心棠，『妳給我滾！』

啊！厲心棠看著衝下來的小姐姐，雙手打直像是要推她下樓，她雙手雙腳呈大字形向上一跳便抵住牆，讓小姐姐從她一字馬的雙腳下方撲了空！接著她重新跳到階梯上，便朝頂樓奔去。

這個她從小就跟阿天玩，很熟練的好嗎！

「棠棠姐姐！」

男孩瑟縮在女兒牆下，他身邊還有雙大人的拖鞋，一瞧見厲心棠立即放聲大哭起來！

厲心棠撲過去抱住他，不顧身上有血，緊緊的抱住嚎啕大哭、被嚇得全身發抖的孩子……這孩子的爸媽死去哪裡了？為什麼到現在都不見人影？她難受的看著地上那雙灰色的拖鞋，的確是爺爺的。

「不要！不要傷害棠棠姐姐……」靠在肩頭的小樊突然嗚嗚咽咽的喊著，「都是妳！都是妳啦！」

背脊一陣涼，厲心棠抱著小樊緩緩回頭，小姐姐就在她身後不到兩公尺的距離，用一雙極爲怨恨的眼神瞪著她。

「我在，你不要怕！」厲心棠轉而背對女兒牆坐好，讓小樊抱著她，「棠棠姐姐在這裡，你什麼都不必怕。」

「嗚嗚……爺爺他掉下……掉下去了……」孩子還在語無倫次的說著。

小姐姐仍舊站在原地，瞪著厲心棠。

警車與救護車都抵達了，厲心棠低首輕拍著哭得聲嘶力竭的男孩，他抖得好嚴重，說的話她都聽不太懂！但是她聽見了腳步聲，不一會兒，門口終於出現了人影。

她在瞬間鬆了口氣，眼淚差點就飆出來了。

「闕擎！」她放鬆了神情，「你來了……」

闕擎冷靜的先環顧四周，「她呢？」

「剛剛還在的！」厲心棠咬著唇，「爺爺他……」

「警察已經到了，這孩子一直在這裡嗎？」他音調平穩的說著，極能安撫人心的蹲下身。

小樊緊張的抬起頭，面對陌生的聲音幾分戒備，想縮到厲心棠後方。

「沒事，他是我朋友喔，小樊。」厲心棠連忙安撫，「孩子看見爺爺掉下去了，對吧，小樊？」

小樊謹慎的看著闕擎，然後點了點頭，小臉哭得通紅，「爺爺他……他說對不起，對不起，然後就跳下去了。」

「對不起什麼？」厲心棠不懂，「小姐姐做了什麼事嗎？」

此時闕擎卻搖了搖頭，厲心棠即刻看向他，怎麼回事？

「山裡的命案現場，發現了他的鑰匙圈。」闕擎指了指腰際，厲心棠該比他還清楚，爺爺那個專屬的獅頭鑰匙圈。

厲心棠不可思議的瞪圓眼看著闕擎，他用雙眼給予肯定的答案，她很想再多說什麼，但是小樊就在旁邊，不該讓孩子聽見太多。

一直到警察上樓後，都沒有看見小樊的父母到場，小樊一度扯住厲心棠的衣服大喊大叫，不肯離開，最後是被警察強硬抱下樓的；頂樓也算案發現場，警方也必須在這裡採證。

「棠棠姐姐，我要棠棠姐姐！」

站在頂樓，都可以聽見被帶到樓下的小樊聲嘶力竭的叫，但很快地，又傳來潘瓊雯的尖叫聲。

「哇呀——爸？爸！小樊！」

「爸——這是怎麼回事？」

中庭的喊叫聲與哭聲往上傳，至少小樊父母親到了，他們又哭又叫的不敢接受父親跳樓的事實，潘瓊雯想抱住孩子時，小樊竟然出現了明顯的抗拒，又在歇斯底里的哭喊著厲心棠的名字。

「妳可眞受小孩歡迎。」在女兒牆邊往下看的闕擎調侃著。

「還不錯吧。」厲心棠自己都無奈，「他只是移情作用，因爲家裡得不到溫暖，所以想巴著溫柔又會買點心給他吃的我。」

「既然知道就別跟人家那麼近，妳不可能照顧他太久的。」闕擎突然沉下眼色，「別給孩子無謂的希望與幻想。」

「喂！什麼叫無謂的啊，對他好一天算一天啊！」厲心棠沒心情追究這件事，「對了，你怎麼會來？還打電話給我……啊！我手機！」

哇啊！厲心棠抱著頭朝樓下望去，她手機剛剛被嚇到時掉在地上了。

還沒移動半步，手機已橫在她面前。

「我去找章警官問胖牛的案了，他們在現場發現了那個鑰匙圈……妳也提過，爺爺前幾天的神情很怪。」

厲心棠接過手機，腦子一片混亂，「爺爺的鑰匙圈……在現場，不代表他有殺人對吧？」

「對，所以應該要找他問話，如果他還能開口的話。」闕擎無奈的搖搖頭，「我只是覺得小樊的求救很詭異，所以就先跑過來看了，等等章警官也會過來吧！」

「……會是爺爺嗎？因爲胖牛他們欺負小樊，所以他出了手？」厲心棠抱著手機喃喃自語，「這就是爲什麼還要把孩子帶到那邊殺掉的原因……但爺爺會是虐殺人的那種變態嗎？」

「這挺符合妳之前的推測啊，座敷童子要殺人還不容易，不必這麼大費周章。」闕擎望向黑暗的天際，卻語出驚人，「但我不覺得是爺爺殺的。」

「我也是，可是也要有個理由。」

「因爲那不是常人能走到的地方，非常偏僻，肉眼看過不是路的地方，全部被落葉覆蓋，一般人甚至會以爲是峭壁邊的死路，不知情者絕對不會走。」闕擎手掌擱在女兒牆頭，十指輪著像彈琴般點著，「連我都是費了一番工夫才找到的，我不認爲會是他……」

嗯？厲心棠聽見了關鍵字，「胖牛是你找到的？」

「啊……」該死，說溜嘴了，「就……幫了點忙。」

厲心棠張大了嘴，皺起眉頭抱怨了，「你不接我電話，把我趕出療養院，然後章警官一找你，你就——不對啊，他是怎麼找到你的？」

唉……闕擎無奈扶額，眞是多說多錯的實例啊！

「我自己去幫忙的。」每個答案都很爛，只能選一個後座力比較小的了。

「厚！你自願？你這人會自願，那爲什麼偏偏對我這麼小氣？」厲心棠嚷嚷起來，所幸外頭紛雜聲起，章警官終於現身！

天哪！闕擎從來沒有這麼一刻渴望看見警察出現。

「你們再等等，小孩子哭個不停，等他們離開了再下去……」章警官瞄了厲心棠一眼，「妳這身等等要脫下來。」

「嗯，好！章警官，眞的是爺……」

「調查中，不公開。」章警官溫和的笑笑，「但是他這麼做，實在很難讓人不去聯想……」

是不是畏罪自殺？

十分鐘後，他們終於得以下樓，脫下身上的證物後換身衣服，做完筆錄後再離開，一路上厲心棠呵欠連連，闕擎默默觀察，看來她回去店裡沒多久就被叫出來了。

「這樣為別人的事奔波，有意思嗎？」他突然扔出了問題。

「啊？」厲心棠眼皮沉重，蹙著眉看他，「這不是什麼有意思沒意思的事……就是覺得自己能做，所以要去做啊。」

「妳不認識高家，不瞭解高亦豐、潘瓊雯，甚至是那個小孩——更別說他們家還有個座敷童子。」闕擎根本難以理解，「這樣隨傳隨到，一股腦兒的栽進這件事裡，為什麼？」

這問題問得厲心棠眉頭都皺成一團了，「哎唷！因為我覺得有問題，就沒辦法袖手旁觀！你看我想得沒錯吧，那間屋子裡有被撕碎的座敷童子加地縛靈們，你知道要多大的力量才可以撕碎亡靈嗎？」

「我不需要懂。」闕擎不在意的回應，「這些都是不需要做的事，自己能活下去過得好就行了，幫不幫那個男孩，或是知不知道座敷童子殺了多少亡者，這都不會影響到我們的生活，不是嗎？」

厲心棠小嘴微張，她懶得多說什麼，只顧著擺擺手，「我好餓好想睡覺，沒空跟你抬槓……剛剛那個小姐姐還叫我滾咧，反正這件事我是管定了。」

「叫妳滾？」

「對，還質問我為什麼來？她弟她自己會守護，放屁！」厲心棠又伸了伸懶腰，「欸，陪我去吃飯吧！我等等還要上班呢！」

「我不餓。」一秒回絕。

「所以你陪我吃就好。」厲心棠很認眞的拉過他的手，「走啦！」

闕擎皺眉，一邊唸著妳這個人很煩，但依舊被她拉著走。

他好奇的是，兩度來到這裡，前晚厲心棠甚至進入了高家，但是卻再也沒出現極端痛楚的與鬼共情，也沒感受被虐打或殺害的場景，那她身上躲藏著的黑氣是為了什麼？

還有件事讓他介懷。

他腦海裡響起孩子聲嘶力竭喊著「棠棠姐姐」的聲音，在整個中庭裡迴盪，聞者心酸——棠棠姐姐，我就要棠棠姐姐！

但是，他不是有座敷童子守護了嗎？那個座敷童子為了他，應該什麼事都做得出來，他也依賴著那個小姐姐不是嗎？

如果，專門守護孩子的座敷童子不再被需要的話……

她又會做出什麼事呢？

漆黑的客廳中，櫃子上的電視突然自動打開，迅速被切換到靜音，無聲新聞播放著，彩色的光在牆上躍動。

襲捲一整晚的新聞都是胖牛虐殺案，以及疑似「畏罪自殺」的嫌疑犯。

儘管只有一個鑰匙圈，但媒體最厲害的就是渲染，開始挖出爺爺日常的生活與行爲，進而牽扯到他的孩子、孫子，當然高亦豐一家被舉報虐童的消息也被挖出，現在社區外頭圍滿記者，要不是有警衛，只怕都要殺到他們家門口了。

潘瓊雯不允許警方入屋查證，高亦豐說父親不可能是殺孩子的凶手，那種殘忍的方法只有變態才會做，他爸爸只是個喜歡去公園下棋的人而已！警方尚未取得搜索票，暫時無法隨意入內，而且說實在的，山裡掉一個鑰匙圈就想要搜索，也不是那麼容易。

但他們一家在警局待到半夜才回家，高淳樊被嚇得不輕，是哭著睡著的；至於爲什麼爺爺會帶他上頂樓，小樊說爺爺要帶他去一個特別的地方玩，結果卻是上了頂樓，接著爺爺爬上女兒牆，只跟他說了兩次對不起後，就掉下去了。

媒體不停重複報導著凶殘的案件，胖牛的父母現場招魂，哭得泣不成聲。

「那是你爸！他要是抱著小樊跳下去怎麼辦？」

電視牆後，一牆之隔，再度冒出了爭吵聲。

「我爸才不會這麼做！我才要問妳，是不是妳趁我不在時對他說了什麼？否則他怎麼會自殺？」

「你怪我？警方都說胖牛死的地方極其偏僻，一般人根本就不會去，爸爲什麼會去那裡！知人知命不知心！」

「妳給我閉嘴！我爸絕對不是虐童犯！」

粉紅色的小姐姐，只是默默的看著電視畫面，然後走向爺爺喜歡坐的單人沙發，坐了上去。

『還有五個人。』她幽幽的說著，接著開始哼歌。

幽森的搖籃曲輕輕吟唱，十公尺外的所有無害亡靈們都瑟瑟顫抖，紛紛躲在各戶人家的角落中，誰都不敢冒出頭。

被子裡的小樊緩緩睜眼，他聽見了小姐姐的歌唱，半坐起身，在黑暗中挪起身子，坐到了角落。

「爺爺……」

第十章 妳從哪裡來？

背包扔上沙發，厲心棠看著桌上豐盛的午餐，有幾分遲疑的抬頭看向天花板，「爲什麼給我準備這麼多？」

「因爲妳最近睡不好吃不好，上午七點到家，十一點就起床出門。」雪女不高興的扳起臉，「棠棠，妳最近是在操妳的身體。」

「那不是因爲發生很多事嗎！」厲心棠非常無力，「那個座敷童子濫殺其他靈體，只爲了自己要守護的小孩，然後又殺了其他小孩，甚至可能嫁禍給一個老人家……」

「所以？」雪女冷冷的問，「妳能做什麼？」

厲心棠張口欲言，卻發現自己其實也不知道能做什麼。

「我、我想阻止那個座敷童子，而且我想保護住小樊……就是現在這個孩子啦！」厲心棠搔搔臉，坐下來打算吃兩口麵敷衍。

「座敷童子就是守護孩子的，妳操什麼心？或許她做得過火了些，不過至少孩子不會有事。」雪女挑高眉，就站在一旁，打算盯著厲心棠把午飯吃完。

哎唷，厲心棠在內心抱怨，雪女當然不覺得怎樣啊，因爲爲了守住祕密，她殺的人也超多的啊！說眞的，要變成有名的妖怪或惡鬼，那也不是簡單能達成的啊！

「雪女姐姐，小樊是最近才被她守護到的啊！」厲心棠改採撒嬌攻勢，「妳不想想，請問前一個呢？」

那間待售屋裡的碎靈遍野，不惜屠殺原本的座敷童子加各種亡魂，就是爲了要成爲某個孩子的唯一依靠對吧？那如果她達到目標了，爲什麼現在會在小樊身邊呢？

再說了，那天那位帥氣漂亮的大姐說了，原屋主是家破人亡啊！

所以她要抓緊時間往前追，想找到那個小姐姐到底是誰，成爲座敷童子前她是怎麼死的，看能不能讓她回到她原本的家裡去！

「他們的事都跟我們無關吧。」雪女搖了搖頭，「妳也不該從片面去判斷那個座敷童子的正與邪。」

「她絕不是好的，妳該看看那個碎靈現場……」厲心棠摀住心口，「啊……靈魂被撕碎時，是不是很痛啊？」

她突然想起，在小樊房間裡那份撕心裂肺的痛，讓她心臟快停止的痛楚，該不會正是來自那間屋子原本的座敷童子吧？

不行，她沒時間在這裡浪費了！扔下刀叉，抓起背包就往外衝，「我吃飽了，我先走了。」

「棠棠！」雪女看著才動兩口的義大利麵，氣急敗壞的嚷嚷著。

只是厲心棠都還沒衝出二樓舞廳，就被出現的人給擋下，她緊急煞車人朝後仰，闕擎乾脆的伸手將她拉住穩妥，然後順勢拽著她走回二樓舞廳裡的沙發邊。

「吃完再走。」他禮貌的朝雪女頷首，「我想在這裡蹭頓飯，方便嗎？」

雪女綻開笑容，「當然，儘管點。」

「闕擎！你——」厲心棠嚷沒兩句，就被扔回餐盤前。

「給我來份一樣的吧！」他也坐了下來，「時間很夠，妳好好的吃完飯再說，我就在這裡，不必趕。」

呼……厲心棠其實大大的鬆了口氣，她剛想著要殺去章警官那邊，請他幫忙聯繫闕擎的，或是直接問訊息也行，再不行就去找展哥……

「吃啊！」闕擎催促著，時間再多也不是拿來浪費的，「拉彌亞不打算上樓，是在生這傢伙的氣嗎？」

闕擎毫不掩飾的指向厲心棠，雪女闔了眼代表點頭。

「哪有生氣！我就只是想做我要做的事，拉彌亞勸不動就乾脆不說了。」厲心棠倒是很理直氣壯，「我剛才跟雪女說，座敷童子如果眞的會守護小孩，她現在就不會在小樊身邊，而是在原本的孩子那兒！」

「嗯，沒錯，畢竟小樊也沒在那間待售屋住過，不過那裡的原座敷童子卻被撕碎了……」闕擎從背包裡拿出一份資料夾，「所以我去查了之前住在那兒的孩子。」

「不是說前屋主殺了自己的妻小嗎？」厲心棠可沒忘，「但是如果這個小姐在，不該會放任別人傷害她守護的小孩的！」

「沒錯，她沒有放任。」闕擎抽出了裡面一張紙塞到她盤子邊，「前屋主有三個小孩，他殺了老婆跟兩個小孩，獨獨剩下中間那個。」

厲心棠剛塞了口麵，趕緊接過文件，上頭有新聞剪貼，是類似病歷報告的東西……精神病？

「是那個孩子嗎？」厲心棠看著病歷，只看得出歲數跟遮掉的名字。

「對，一個八歲的男孩，親眼看見父親殺害自己的家人，其實都是未遂，他們全家都送醫，但父親最後還是拼著最後一口氣在醫院殺死妻子跟男孩的姊姊與妹妹，這也就是爲什麼那間待售屋不是凶宅的原因。」

因爲沒有人在那間屋子裡喪生。

即使黑白列印，厲心棠都可以看見那個男孩眼神裡的空洞與恐懼，如同槁木死灰一般的坐在床上，全身竟穿著拘束衣。

「為什麼這樣綁著他？他看起來好可憐……」厲心棠心疼的說著。

「因為他會自殘，一旦鬆開就會傷害自己，也不讓人接近或觸碰，非常容易歇斯底里。」闕擎看多了這樣的例子，「每天都得打鎮定劑，無法處於清醒狀態。」

「才八歲……」厲心棠緊張的想起，小樊也是八歲，「等等，小姐姐為什麼沒繼續守護他？或是跟著去醫院？」

「妳覺得這個男孩還會接受座敷童子嗎？聽說這個男孩會在半夜抓狂，對著無人的角落哭喊：妳不要靠近我之類的話……」闕擎的確觀看過監視器，「小姐姐就算想守護他、想陪在他身邊，但只是刺激病患而已。」

「……所以這個男孩知道是小姐姐害得他家破人亡的吧？」厲心棠談到這兒，她更加擔心小樊的狀況了。

此時天花板上突然掉下一盤熱騰騰的美食，闕擎自然措手不及，但對面的雪女伸手一揮，空中出現一道冰橋，穩穩的接住了那盤義大利麵。

「謝謝。」他朝雪女與樓上製作餐點的餓死鬼道謝，接過了香味四溢的美食。

「現在這男孩在哪裡？」厲心棠焦急的問。

「嗯？」闕擎皺眉，一臉妳在問什麼東西的表情，「妳真的覺得座敷童子會因為孩子的拒絕，就捨棄他嗎？」

厲心棠愣了住，不惜殺光他身邊的人，就為了讓這個男孩只有她可以依靠的話……不該會輕易放棄那個孩子的。

但小姐姐現在守護的人是小樊。

「不會吧……」厲心棠腦袋一片空白，「小姐姐殺了之前的男孩？」

闕擎闔上眼，搖了搖頭，手中的叉子捲起義大利，厲心棠突然又覺得心梗住了，「天哪！前一個男孩死了！」

「嗯哼，有志者事竟成，自殘這麼多次，孩子在十一歲時總算是成功了。」他暗示她把紙翻面，「其實那時的他可能已經看不見座敷童子了，不過他還是死意堅決，把塑膠叉子折斷，將碎片吞入腹中，本來想讓自己噎死，最後是被割斷氣管跟食道而死的。」

厲心棠難受的翻開下一頁，是一個十一歲男孩的死亡證明，「小姐姐沒有救他……」

「或許是他求小姐姐不要救。」雪女幽幽的說著，「看著自己心愛的人如此痛苦，可能座敷童子也不得不放手。」

氣氛變得相當哀怨，但闕擎自顧自的用指節敲了兩聲桌子，「總之，她想守護的人沒了，但依舊徘徊在那邊，直到遇見了小樊，性別年紀都符合，小樊就成爲她的新弟弟了！」

然後貼心的爲他們找一個完美的新居，恰好那間新屋子不幸的也有個座敷童子，便直接被殺了。

「好！我懂了！所以在待售屋時小姐姐就已經是座敷童子了，那她的第一次變化是何時？」厲心棠深吸了一口氣，「如果那天我在小樊房間裡感受到的是她的死亡，絕對是被虐殺而亡的，被殺的亡者怎麼化身成座敷童子的？」

或許找到她當初的家會有幫助？即使是……恨，也總比繼續一廂情願的禍害其他人強！

「喔，我大概已經知道她是誰了。」闕擎突然語出驚人，「吃完飯後就去確認吧。」

鏘，叉子從厲心棠手中滑落，詫異的看向闕擎，他依然一臉平淡，厲心棠這反應太誇張。

「嗯……我想倒水，樓下嗎？」他才要起身，厲心棠立即壓下他的手，飛快的把自己水杯遞過去。闕擎盯著眼前這杯水，他要是敢喝「棠棠」的，等等會不會被殺掉？

「你為什麼已經知道了？」厲心棠驀地湊近他，一雙大眼眨巴眨巴。

這動作逼得闕擎向後退，但他右邊就是沙發扶手，簡直退無可退，偏偏這傢伙已經貼上他的身體了，直害他往後躺。

「喂，妳、妳……」他用食指推著厲心棠的額頭，視線從四面八風刺過來了！「妳不要挨這麼近！」

「為什麼？我還想著要去問前屋主、然後……」

「這樣要查到什麼時候！妳……坐好！」闕擎不客氣的推開了她，「我們那天不是遇到一對姐弟？直接問誰雇用她的不是更快？」

厲心棠小嘴微張，啊的一聲，「對厚！也是受害者家庭委託……是倒數第幾個？」

「把小樊算第一個的話，往回推前三個！」闕擎突然發現到他的右手邊，曾幾何時多了一個水杯……不知道是哪位好兄弟，謝了！

「倒回去數的第三個嗎？一樣的結局嗎？天哪！」厲心棠發奮圖強的趕緊吃飯，「爺爺是不是被操控跳樓的？接下來就會是他的父母了，最後座敷童子會把小樊也弄瘋的！」

「其實再之前還好，孩子們倒沒有全都瘋，不過大部分都死了！有自殺，也有被父母意外殺掉的，而這個委託人，是一位殺掉弟弟的姐姐，殺死弟弟時她才國一，罪不重，但依舊影響她的人生。」闕擎說得很慢，怕厲心棠反應不及。

「咦？委託者殺了自己的弟弟嗎？」

「嗯，她說是爲了弟弟好，才了結他的！在十歲前這個女孩看得見那個小姐姐，但小姐姐獨愛弟弟，所有一切她都看在眼裡，後來家中接連變掛……反正也是家破人亡。」闕擎抽空抽出另一張紙，「我也跟唐小姐問了其他線索，覺得有個案件可以參考。」

又是過去的報導，全是虐童案，狠心養父母虐殺孩童，孩子全身瘀青，手腳骨折未就醫……跟小姐姐一樣！

「這是二十年前的報導耶！」厲心棠詫異的看向新聞的時間，「這麼久了？」

「對，所以保守估計至少在小姐姐手上毀過十個家庭……但唐家姐弟說他們覺得超過了，甚至一年一個都有可能。」闕擎倒是不太在乎數字，「反正每天都有人死，近幾年不是更多一怒之下就殺父殺妻殺子的，司空見慣了。」

一年要是一個的話，至少二十個家庭耶！厲心棠想到就覺得可怕。

「看吧，我是不是一開始就說這個座敷童子怪怪的！她太偏執了，她的守護定義跟一般人不一樣！」厲心棠哼的一聲，「就沒人要信我！」

「不是不信吧，是不想理。」闕擎說這句話比向自己，接著往門外比，「這裡的鬼怪們應該是覺得不要理人家的事。」

「明知道有個偏執的小孩在鬧，哪可能坐視不管，而且我就接觸到這個案例了啊！」厲心棠不爽的扯開嗓門，深怕大家聽不到，「人類的事可以不管，但座敷童子是鬼吧！」

「我們還是不管。」雪女直接打斷，「百鬼夜行只是間夜店。」

「哼！」厲心棠不高興的哼哼，反正這事她管定了。

飛快的吃完盤中的義大利麵，兩個人稍微休息後就離開「百鬼夜行」，闕擎還讓厲心棠不要騎車，他們今天要去的地方腳踏車到不了。

一前一後進入甬道，厲心棠在前，闕擎在後，感受到後方的視線時，闕擎趁機回頭，纖瘦挺拔的拉彌亞不知何時站在他身後，用看似溫和但實帶警告的眼神跟他說再見。

嘖！厲心棠又不是他的責任。

但這種話他也只敢在心中唸唸，沒膽子直接跟拉彌亞嗆聲，倒是從口袋裡拿出一張折疊方正的紙條，上面還有著藥水味。

「我剛進來前，外面一個男人要我轉交給妳的。」闕擎用雙指夾著紙條遞上，「上次在停屍間遇到的……貴店的熟人？」

拉彌亞蹙眉，沒吭聲的用指尖躡過，闕擎交付東西後立刻離開，瞧拉彌亞那渾身上下散發的寒氣，絕對是不爽了。

停屍間那位「百鬼夜行」養的線人還眞是勇者，之前他便說過喜歡拉彌亞，沒想到是認眞的啊！

一離開「百鬼夜行」，厲心棠直覺的朝車站的方向走去，闕擎站在門口，親眼看著躺在柏油路上的一大塊絲狀黑氣，啪啦的鑽進厲心棠的身體裡。

果然還在……進不去「百鬼夜行」，卻在外頭天天等著厲心棠，好認眞。

「這邊！」他吆喝著，人就往左邊去。

「咦？」厲心棠趕緊轉身跟著跑過來，「捷運站在另一邊耶。」

「誰說要坐捷運！」闕擎邊說，前方一台黑色車子亮燈，他直接坐進駕駛座裡，「上車。」

喔喔喔喔！厲心棠瞠目結舌，闕擎有車？他有車？啊每次騎那台破腳踏車，不然就搭大眾運輸，她完全不知道他有車！

「你有車平時幹嘛不開？」厲心棠驚呼連連，「看這樣多方便又舒服！」

「因爲我不喜歡跟鬼關在一個狹小的空間裡。」闕擎說得非常實在，「隨時壓到他們，或是路過，他就鑽進車裡，我眼睛要往哪裡放？」

厲心棠嘸了口口水，當她沒問……下意識的回頭看一下後座，唉唷，都被他說毛了。

「我們去哪？」

「去找那對虐殺養女的養父母，妳嘴可以張小一點，這兩個人不難找，有新聞也有資訊，然後再拜託一下章警官。」

「不，我驚訝的是……他們還活著？」厲心棠突然不太高興，「小姐姐放過了他們？」

「或許她根本不記得他們，這對亡靈來說很常見，有時甚至是恐懼殺害自己的凶手。」闕擎微微點頭，「但妳說得沒錯，兩個都沒死，而且判刑也不重。」

不過十年，再加個假釋，一下就出來了。

其實時間說長也不長，但二十年前的新聞其實已經保存得很詳細，當年稱霸了好幾個月的頭條，幾乎舉國忿怒，這對夫妻成了人人喊打的惡魔。

用關鍵字搜索，至今也仍查得到那令人髮指的社會案件。

一對夫妻收養了一個女孩，後來卻又生了一個孩子，此後這個領養的孩子就過著生不如死的生活；爲了不讓她排洩就不給她東西吃，動輒拳打腳踢，只要被詢問都說是孩子自己玩鬧受得傷，後來甚至乾脆不讓她去上學，省得被問東問西。

她最後的致死原因是被活活打死的，內臟裡的腺體破裂，慢速痛苦而死。解剖時全身都是傷痕與瘀青，腳甚至扭曲變形，因爲骨折沒有救治，就這麼扭曲著癒合，所以她的腿腳行動不方便，估算正是從幼稚園休學後那段時間受的傷。體重極輕，胃部只有一點點食物殘渣，瘦骨嶙峋得只剩一層黯淡的皮蓋著骨頭，臉頰內凹使得眼睛看起來更大，營養不良的身體讓她掉髮，膚色也沒有光澤。

那是連法醫看了都爲之鼻酸的屍體，法醫說任誰看到都會氣忿，那小小的身軀承受了多大的痛苦？她死前究竟遭遇了什麼？

尤其她的死因是內臟腺體破裂，內臟沒有受損，是裡面的腺體，那種只有一種情況才能造成——孩子是被固定住，爾後遭受外力連續重擊導致。

死者沒有坐車，也沒有被固定在任何地方，鑑識小組做過許多實驗想得到一樣的結果，最後都只有一種可能性最大：那就是女孩被壓在地上，成人由高處多次跳下，拼命重踩她同一處內臟才能導致一樣的力量與腺體破裂。

他們無法找出其他的方式，能讓那個小小的女孩在劇痛中感受到生命的流逝，終至死亡。

但這對養父母拒不承認虐兒，從頭到尾都說是孩子自己受傷自己撞的，也是一個六歲的孩子自己不願吃東西。

「這個死狀……眞的跟那個小姐姐一樣。」厲心棠看著都要哭了，「怎麼會有這麼殘忍的方式？既然這樣，當初幹嘛要領養？」

「因爲本來以爲不能生吧！」闕擎其實不太關心原因，「總之，疼愛親生兒子是確定的。」

厲心棠突然覺得自己眞幸運，在被丟棄的夜晚，可以被叔叔撿到！

「我不是被人類撿到的，但比她幸運多了。」她嘆了口氣，她甚至是被妖魔鬼怪一起撫養長大，卻有著極爲幸福的童年。

「呵……哈哈哈哈！」闕擎居然誇張的大笑起來，「這是眞的，被鬼撿到過得還比被人領養好！」

厲心棠看著朗聲大笑的他，反而滿腹疑惑，因爲闕擎很少有這麼大的情緒波動哩，最多就是冷笑，或是哼，這種由衷的笑太少見，可是卻令她不太舒服……

「你這種笑好奇怪。」

「因爲太眞實了！非常正確！」闕擎還挑了挑眉，笑意凝在嘴角化不開咧。

厲心棠搓搓雞皮疙瘩，老覺得闕擎其實反過來是在嘲笑那個小姐姐的身世似的，反正他就是這種個性，獨善其身，除了自己以外其他人都不想管，她也懶得說了！

她不太高興的看向車外，她承認自己雙標，座敷童子屠殺同類或是害死小孩的父母親人就是不該，但是這麼凶狠的她，居然放過了虐殺自己的養父母？

「你本來不是不幫我？」突然間，厲心棠轉頭看向他。

「我沒有要幫妳，我只是想求證一件事。」闕擎倒是坦白，「不過這個過程順便能幫到妳而已。」

「什麼事？你居然會對誰好奇？」這引起厲心棠更大的興趣了。

闕擎不再說話，直視著前方專心開車，這就是他不想回答的姿態，厲心棠非常明白。

或許他對那個座敷童子有興趣吧，因為是那天陪她去待售屋，看見那滿屋碎靈後他才改變的……還是對小姐姐的起源感興趣？還是她的養父母？

不管哪個，反正，有他在她就安心許多。

「我說句不中聽的，要查座敷童子是一件事，但妳最近不要再跟小樊接近了。」

「咦？」語出驚人，厲心棠在嚇一跳的同時更多的是莫名其妙，「為什麼這樣說？」

「我覺得，小姐姐會不高興。」

潘瓊雯沉著一張臉，把高麗菜從冰箱裡拿出來，擱在洗手槽裡，高亦豐走進廚房，打開水要洗杯子，兩個人其實臉色都很差卻不自知，擦身而過時瞪了對方一眼。

看著丈夫走近，潘瓊雯卻是滿腹的不爽，她轉身再去冰箱要拿蔥，高亦豐洗完杯子也迅速的離開廚房。

「喂！我的充電器妳拿到哪裡去了？」高亦豐突然問。

「我哪知道！我拿你的充電器做什麼？不就在床頭櫃旁邊的插座嗎？」潘瓊雯回應的口氣絕對不算好，起身就甩上冰箱。

「天曉得！它就不見了啊！」高亦豐不爽的唸著，唸叨的往臥室走去。

而起身回到流理台邊的潘瓊雯，卻發現那一整顆高麗菜都消失了！她愣得四處張望，卻發現高麗菜居然在垃圾桶裡！

「高亦豐！你什麼意思！」潘瓊雯氣急敗壞的衝出廚房，「為什麼把菜丟了？」

男人從房間走出來，一臉莫名其妙，「妳在說什麼東西！高麗菜，菜不是在水槽裡嗎？」

「你把它丟掉了！」潘瓊雯直接雙手一推，把高亦豐推進房間裡，「你現在對我是有什麼意見？有問題的是你爸，你找我出氣是怎樣？」

房間裡的小樊，緩緩的抬頭，看向自己虛掩的門口。

爭吵聲極大，日復一日，爺爺死後更是嚴重，其實不只是小樊，鄰居也都聽得見，而且潘瓊雯脾氣越來越暴躁，還常有拿東西摔地板或是敲牆的行爲，上下左右的鄰居都能接收到。

這對夫妻還不只在家裡吵，出門在外也都沒有在收斂的，總是比誰吼得大聲。高亦豐差點就要動手了，但是他忍了下來，咆哮的說潘瓊雯無中生有，只怕是她自己丟掉高麗菜，卻刻意找他麻煩吧！

「我跟你說！這種日子我過不下去了！你爸的事一解決我們就離婚！」

潘瓊雯下了最後通碟，怒火中燒的走出臥室，直接往廚房走去，只是一開門，就看見小樊站在餐桌邊，看著她。

「……你出來幹什麼？」潘瓊雯壓下怒火，有點擔心孩子聽到離婚的字眼，「爸媽在吵架時不要出來比較好。」

「……餓了。」小樊小小聲的說著。

「媽媽炒個高麗菜就可以吃了。」潘瓊雯擠出笑容，輕輕撫著孩子的臉，「沒事的！沒事喔！」

小樊點點頭，默默的拉開椅子，坐上自己的座位，看著身邊的空位，那個爺爺再也不會出現的位子。

潘瓊雯回到廚房，把高麗菜從垃圾桶撿起，爐上的湯一直滾著，她加了鹽後關火，便開始處理高麗菜；聽見孩子的聲音，高亦豐也出來假裝沒事，將餐具擺好，但夫妻倆一照面，氛圍就是劍拔弩張。

高亦豐將碗筷擺放在爺爺的位子，對他而言，他的父親仍舊擁有那個位子。

小樊瞄著爺爺面前的碗筷，筷子是放在碗上的，他抬頭看了眼父親，高亦豐只是輕笑著，「爺爺會陪你吃飯的。」

他搖了搖頭，「他不會。」

高亦豐微怔，但同時興起點怒氣，「他會，爺爺最疼你了！你忘了是誰一刻都離不開你？陪你去玩？陪你上下學？」

小樊低下頭，他不是那個意思，爸爸不懂。

唉，高亦豐忍下怒火，但也不好先上桌，等等先坐好又要被罵：閒人等吃飯，是不會幫忙嗎之類的。

終於等到菜上桌，潘瓊雯一見到爺爺面前的碗筷就嫌晦氣！

「這是什麼？人走茶涼，擺副碗筷裝什麼？」潘瓊雯氣得想收走碗筷，「你看看他把我們害成怎樣？」

他們夫妻兩個同時都被開除了，因爲是變態虐童凶手的孩子！

「妳敢動給我試試看，那是我爸的碗筷！」高亦豐大吼一聲，手都要碰到碗的潘瓊雯顫了一下。

「凶什麼啊！我看到就不爽，因爲他的事，我們下個月的房租都不知道在哪裡了！」

「不可能是我爸殺的！他只是剛好去了那邊，剛好掉了鑰匙圈而已！」

「最好！那是什麼地方？你沒聽警察說嗎？那是個不可能有人會走的地方！」

匡啷！筷子落桌聲讓吵架的夫妻倆怔了住，潘瓊雯往桌面瞥了一眼，卻瞬間緊張的憋住氣。

爺爺碗上的筷子掉落了。

「怎樣？」高亦豐留意到她的眼神，跟著望過去，但一時反應不過來，「掉筷子妳也有話說嗎？」

潘瓊雯喉頭一緊，睨著桌上的筷子，「小樊，是你嗎？」

男孩雙手捧著碗，微微顫抖著飛快搖頭，一雙眼睛可憐兮兮的看向媽媽。

「他才不會這樣做咧，不就是妳沒放……」高亦豐責備到一半，才想起碗是他擺的，筷子應該是放在碗的正中央。

他剛剛也沒碰到桌子，筷子是怎麼掉下來的？

潘瓊雯態度一秒收斂，她戰戰兢兢的看著對面的空椅子，該不會……爸在那邊嗎？

「吃、吃飯！」高亦豐有點發懵的開口，突然間毛起來了。

潘瓊雯一邊叫自己不要想太多，一邊卻發抖的拿起筷子，所幸她是坐在孩子正對面，不然還怎麼吃得下去？

小樊一小口一小口的吃著飯，全家籠罩在沉悶的氣氛中，爸爸媽媽看不見的是，坐在爺爺位子上的是小姐姐。

直到高亦豐與潘瓊雯都去盛湯時，小姐姐泛起了淡淡微笑。

「你吃快一點？吃飯用含的喔！」潘瓊雯留意到小樊還不到吃半碗，「不要拖到我洗碗的時間！」

她端起湯，吹了吹，便咕嚕咕嚕的喝下。

孩子拿筷子的手其實抖個不停，但是他們夫妻倆並不太在意，只想著隨便吃飽，快點離開餐桌。

這個家都令他們喘不過氣，快要窒息般的痛苦。

「對不起……」小樊忽然放下筷子，低垂著頭喃喃出聲，「對不起，對不起……」

高亦豐疑惑的看著孩子，「怎麼了？」

小樊的額頭貼著桌面，聲音哽咽嗚咽，渾身抖得厲害，「對不起對不起……」

「你在幹——」突然一陣刺痛從腹部傳來，潘瓊雯下意識的摀住肚皮，「啊！好痛！」

劇痛襲來，她磅的從椅子上摔落地，一旁的高亦豐也沒好到哪裡去，他也隨之倒下，兩個人痛苦的在地上打滾。

「對不起……嗚嗚……」小樊前額依舊貼著桌子，哽咽的低語。

坐在爺爺椅子上的小姐姐泛起了滿意的微笑，看著對面兩張傾倒的椅子，眼裡都是雀躍。

『放心好了，只有我能保護你的！』

她瞇起眼，終於露出了燦爛的笑容。

第十一章 她的弟弟

順著指路的方向，一個阿伯領著闕擎往廟的深處走去，在神殿最後方有個後院，一群人坐在大樹下納涼抽菸，閒聊著五四三。

「阿彬！」阿伯大喊著，「有人找你！」

回應的人戴著宮廟的鴨舌帽，抬頭朝著他們看過來，再抽了一口菸，眼裡充滿疑惑。

「吳漢彬嗎？」闕擎走到他面前，看著坐在矮凳上的男人。

看上去既蒼老又滄桑，渾身都曬得很黑，穿的泛黃背心跟褲子都已經很髒了，頭髮早見斑白，鬍渣也沒整理，就是個看上去有點邋遢的中年男人。

「你們是誰？」他咧出一口黃牙，看得出來菸抽得很重，眼神明顯的在厲心棠上下溜了一圈，「妹妹可愛喔！」

厲心棠皺眉，一點都沒想給好臉色。

「我們有些問題想問……」闕擎看了眼他身邊的友人，「二十年前的事啦，你介——」

「厚！」阿彬立即打斷他們，不耐煩的揮手趕人，「滾滾滾！都多久的事了找我幹嘛！」

友人們倒是識相，拍拍他後就起身，大家先迴避再說，闕擎看著他們走遠後，逕自拉了阿彬身邊的椅子坐了下來。

「是你還是你前妻打死那個養女的？她有沒有乳名或是小名，還有生前的遺物？」闕擎直接開門見山。

男人瞪著他，直接撇過頭，「我們沒殺她。」

「我不是警察也不是相關人員，我只是想要查一下那個女孩死前的事。」闕擎溫和到厲心棠覺得有點毛骨悚然，「我知道你們沒認罪，但被判刑也算是法律認證。」

「那是冤獄，我就沒殺她！」阿彬不屑的說，臉上滿滿不悅。

厲心棠用力的深呼吸，爲什麼這種混帳可以好好的活在世界上？那個才六歲的女孩卻被虐待至死？

闕擎略歪了頭，長長的睫毛略低，是看著地板的。

「我給你三十秒。」他一字一字緩緩的說，「厲心棠，路口有家便利商店，幫我買瓶運動飲料。」

「……啊？」厲心棠突然被CUE到，卻是支開她？「爲什麼？這種時候我怎麼可以——」

闕擎抬頭看著她，眼神再認眞不過，她很不情願，但是她也沒辦法讓這個人渣開口，如果闕擎有辦法的……他能有什麼辦法啊？打人嗎？她咬著唇不太開心的轉身離去，是不是要先聯繫一下這一區的警察？

店裡養了很多警察，負責COVER奇怪事件，像德古拉會出去獵食，那種被吸乾鮮血的屍體啦、或是被狼人咬死的命案……反正這些都需要警察幫忙。

叔叔人脈廣，每一個地方都有警察曾受他恩惠，所以都能幫忙掩蓋的。

不行，她還是有備無患，他們可沒時間再去警局做筆錄，她現在就怕慢一步，小樊便危在旦夕了。

確定厲心棠消失在視線前，闕擎依舊遠望，「三十秒到了。」

左側回敬的只有髒話，阿彬站起來就要走，但闕擎穩定飛快的起身，一閃身站到阿彬面前，冷不防捧著他的頭直視他的雙眼。

「再給你三十秒。」

「……唔……唔……哇——」

慘叫聲從身後傳來，迫使厲心棠止步，那是個方型庭院，所以男人的慘叫聲變成了迴音，響遍周遭；廟裡的人緊張的往後看，焦急的要衝到後頭去救人。

「別過去！」厲心棠直接阻止，「我良心建議。」

她學亞姐劃上一抹神祕且帶有威脅的笑容，還不忘挑了個眉，悠哉悠哉的走出廟外。

這招略奏效，一票人面面相覷，這是怎麼回事？但是聽著裡面淒厲的慘叫聲，阿彬發生什麼事會這樣淒慘，他被殺了嗎？

幾秒的遲疑後大家決定先操傢伙再到後面去救他，等他們衝到後頭時，只看見在地上狂吼驚叫的男人，他面對空氣不停的後退，雙手揮舞得像是在阻擋。

「不要啊！哇啊——走開！不要靠近我！」

他做勢像在推開誰，但看起來就是在推空氣，一票人站在拱門口不知所措，而那個全身黑色裝束的少年依然坐在他們的矮凳上，像是在聽著音樂般的悠閒。

「啊啊啊啊——」阿彬轉身趴在地上，痛苦的往前爬行。

三十秒。

闕擎上前抓起阿彬，直接在他臉上拍了拍。

「休息十秒鐘後應該就可以回答我了吧？」闕擎話沒說完就鬆手，阿彬又摔回地面。

阿彬躺在地上喘著大氣，渾身是汗不說，褲襠全濕，現場瀰漫著一股尿騷味，看來某人嚇得屁滾尿流了。

「那是……什麼？」他哭了起來。

「我再重複一次問題，我這人沒什麼耐性的……」

「不是我殺的……我……至少不是我踩的！」阿彬居然哭了起來，「是佩芳踩的，那孩子又哭又尖叫，佩芳就從沙發上往地板跳，說要踩斷她的骨頭，她就不會再哭了……」

他是有動手，拳打腳踢是家常便飯，領養那個孩子就是個錯誤，本來以爲可以有個孩子，賺點名聲，順便還能領補助，天曉得照顧孩子這麼麻煩！開銷又大，又要讓她唸書還要供她生活，最重要的——有自己的孩子後，誰會要別人家的小孩啊？

但那女孩又處處想要表現，動不動就說要照顧弟弟，抱來抱去，眞的是太令人害怕了，萬一要害死他們兒子怎麼辦？

後來他生意失敗，諸事不順，又要多養一個小孩，眞的是氣不打一處來，不爽就拿她出氣，老婆也一樣，再後來連學都不讓她上了，想到要養她到大，就覺得心梗。

「我想說讓她病死也好，但她病了這麼多次就硬是死不了，佩芳不讓她吃東西，希望可以更虛弱點，其實是眞的差不多了！可我就不知道那天她做了什麼，讓佩芳這麼生氣，會把她扔在地上踩了又踩……」阿彬吃力的坐起，「我沒騙你，那天我不在，這也是法院認證的。」

「她有什麼喜歡的玩具或是遺物嗎？」闕擎再問，「雖然我覺得你們應該不會留下什麼東西。」

「呵……怎麼可能！她一死我們兩個就被搞到坐牢這麼多年，兒子都沒了，留那傢伙的遺物幹嘛！」阿彬顫抖的手開始點菸，「你也不必去找佩芳了，我講的都是實話。」

是，因爲章警官說，那對夫妻入獄後，孩子是進入孤兒院，沒多久就被領養了。

「你有找到你兒子嗎？」

阿彬搖了搖頭，「佩芳出來後有男人了，反正我們也已經離婚了，我對孩子也沒什麼感情，我知道他有新的父母就夠了。」

「這麼乾脆？」闕擎冷笑著。

阿彬抖手抽菸，緩緩吐出一口煙圈，「等我錢不夠，再去找他啦，反正有個備用提款機也不錯。」

「你們根本不適合有小孩。」闕擎誠懇發言。

阿彬那滄桑的眼看向他，帶著七分恐懼三分自嘲，「這你眞說對了，我在監獄裡過得都他媽的比養小孩時好。」

闕擎起了身，準備往外走去。

「我再問一個，這些年來，你們都睡得好嗎？」

「很好啊！有什麼不好的！哈哈，你要跟我說什麼鬼啊怪的嗎？」阿彬朗聲大笑起來，「那個沒人要的不敢啦，哈哈哈！」

嗯哼，他也這麼認爲。

闕擎疾步朝外走去，阿彬看著他，心頭寒顫一陣又一陣，「喂！你是什麼東西啊？問那個死透的孩子做什麼？喂——我兒子可能有她的東西！」

闕擎戛然止步，回首。

「他好像有抱她的東西走，但那是很小的時候了，因爲社工說孩子要被帶離時，抱著那沒人要的東西不放。」阿彬舉高了手，「我就幫到這裡啦！哈哈……你要有機會遇到那個沒人要的，叫她下輩子好好投胎啊！」

哼哼，他也會怕嘛！

闕擎有種瞭然於胸的感覺，闊步走出宮廟時，厲心棠就站在外頭抱著飲料等他，他一接過扭開就喝，天氣眞的太熱了。

「都說了嗎？」厲心棠問得不太開心。

「嗯，那傢伙嚇到不敢離開廟裡，他根本也怕那位小姐姐。」闕擘統整著資訊，「他們有個兒子，看起來很依賴小姐姐，所以她後來才變成座敷童子想守護弟弟吧。」

「……難怪她守護過的清一色都是男孩，而唐小姐的委託者是女性，不受她待見？」厲心棠倒是感嘆，「又是一種移情，而且我發現她想保護的歲數差不多，那當年那個弟弟——」

「不，歲數不對，她死的時候才六歲，弟弟四歲，或許是她認爲自己必須再長大一點才能保護孩子！致死的是養母，但是他們夫妻一起凌虐她卻是眞的。」闕擘動身離開廟前，「我想取得她的遺物，最好是能找到弟弟，養父提到，當初兒子被送養時似乎有取走。」

「他們的兒子……現在在哪裡？」厲心棠皺了眉，「還在嗎？」

「這時候就要靠妳了！」

「我？」

「他們兒子被送養了，是不是可以問問妳的社福朋友呢？」

喔喔喔！厲心棠雙眼一亮，還眞的可以靠她耶，小滿姐！

「不行，不可以，違反規定。」

小滿姐氣得眉頭都揪在一起，用警告的眼神瞪著厲心棠。

「小滿姐……我只是想知道他在哪裡而已！」厲心棠雙手合十，高舉過頭的拜託，「或是我想問他拿一件東西，妳幫我問！」

「妳在搞什麼啊！厲心棠！我實在……」小滿明顯的頭痛，「出養的孩子已經有新生活了，非必要我們不能去打擾他們，再說，他又不一定是我們這裡出去的！」

「但妳是這個體系的，一定有人脈可以幫忙嘛！」厲心棠認眞的展開盧小模式，「我是非不得已才會拜託妳的，妳知道我不是那種無理取鬧的人，可是我眞的非常需要找到這個人！」

「厲心棠！」小滿氣得大喝，「妳該適可而止！」

「我要是適可而止，就會死更多人了！」厲心棠也沒在閃躲了，「妳以爲事情就到爺爺而已嗎？妳知道被殺的孩子是一掛的，而他們那掛有四個人嗎？」

瞬間，整間辦公室都靜了下來。

小滿臉色陣青陣白，直接拉了厲心棠往就近的小會議室裡去，闕擎站在外面等待，他不覺得直接是壞事，基本上這件事情不直接還做不了。

「妳在說什麼？妳說得一副還會出事的樣子——妳怎麼知道？」小滿繃著神經，「該不會……」

厲心棠望著在她面前踱來步去、激動抱頭的小滿，覺得有點無言。

「對，就是妳想到那最可怕最糟糕的情況。」

「天哪……」小滿激動的看向她，之前厲心棠提起高家貞的有阿飄時她都快嚇死了！「跟小樊說的那、個小姐姐有關嗎？」

「不確定，但那個小姐姐的確是被虐殺的，說不定你們都知道那個新聞，但我沒時間解釋。」厲心棠猛地抓過小滿的雙肩，「小滿姐，我想找那個小姐姐生前的弟弟。」

小滿皺起眉，「什麼？」

餘音未落，門外傳來敲門聲，沒等回答闕擎直接推門而入，「現在不是問為什麼的時候了。」

他頭一撇，往外瞥向了辦公室裡的電視。

小滿趕緊跑出去，整間辦公室的人都緊繃著身子，雙手抱胸的看著電視正在播放的新聞，有人動手將音量調大。

「原本以為嫌疑犯自殺身亡後，父母可以稍微放心，但是卻在數日後又有孩童失蹤，而且是兩個。」記者身後播放出兩張孩童照片，「由於事件重大，已經過父母同意，將孩子的照片公開，請市民們相互留意，只要看到這兩個孩子，或是任何可疑事件，都請通報！」

後面走出來的厲心棠倒抽一口氣，闕擎從她的神情便知一二。

「剩下的那兩個？」

「對……對，胖牛的另外兩個朋友，他們都是一起欺負小樊的！」厲心棠覺得頭疼，「這年頭要綁架一個小孩這麼容易嗎？」

「如果是『她』，沒什麼難的吧！」

小滿倏地回身，直接衝到厲心棠面前，「這就是妳剛說的還沒完嗎？」

厲心棠跟闕擎同時沉重的點了點頭。

「好，我幫妳查！但我會在盡量保護隱私的範圍下幫妳，那條線還是不能跨！」

「謝謝小滿姐。」

闕擎看著電視裡的兩個孩童，父母在鏡頭前聲淚俱下的拜託，虐殺胖牛的小木屋已經被查封了，座敷童子能帶他們到哪裡去？

先處理欺負弟弟的人，再來處理大人嗎？如果是這樣，那爺爺先死亡又是爲什麼？要他背鍋也太早！

「闕擎，你幫我聯繫小樊，就問他現在怎麼樣、還有他爸媽的狀況，聊聊天就是了！」厲心棠突然把手機塞給他，接著往外跑，「我要跟小滿姐去找資料，裡頭不能帶手機進去。」

闕擎痛苦的皺眉，「我不會聊天。」

「你最好是。」厲心棠根本沒理他，「他一直都沒回，快點再幫我問喔！」

她是跑出去後繼續大喊的，辦公室的好多社工也都去幫忙，現場剩沒幾個人；他索性就坐在小滿的位子上，滑開手機卻讓他一陣涼。

畫面上都是厲心棠單向的詢問：「在睡覺嗎？」「現在可以看手機嗎？」「你吃飽了沒？」「爸媽還有在吵架嗎？」「小姐姐看著你嗎？」「爺爺有在家嗎？」

那個會對厲心棠拼命撒嬌的男孩，居然沒有回任何一封訊息。

闕擎大感不妙的往上滑到小樊傳的最後一封訊息，是早上的「棠棠姐姐，我可以跟妳一起住嗎？」

「喂！厲心棠！」闕擎一秒衝出去追上，「妳別去找了！請小滿姐通知我們就好了！」

「咦？」厲心棠回身錯愕，「爲什麼啊？」

只見闕擎朝著反方向的門口離開，厲心棠一下就慌了。

「啊啊……小滿姐，拜託妳了！」厲心棠緊緊的握住小滿的手，「隨時聯繫！拜託！」

「去吧……厲心棠！」小滿突然憂心忡忡的看著她，「不要讓孩子受傷。」

厲心棠只能咬著唇點頭，但她唯有盡力，因爲她心底有個聲音告訴她，那個小姐姐動手時應該不會遲疑。

緊趕著坐上車子，她還沒搞清楚闕擎的十萬火急是爲了什麼。

「我們不是應該先找到她眞正的弟弟嗎？」

「妳一整天都沒得到那小子的回應，就沒點警覺性嗎？」闕擎發動車子趕緊離開。

「……正常啊！他才八歲，使用手機的時間有限，他爸媽在家才會開WIFI給他用。」厲心棠望著手機裡的對話，「有時就會到晚上，爸媽都回家後才會開的。」

「爺爺跳樓後他們就是重點調查對象，妳覺得他們還能正常生活嗎？再退一萬步，也不可能一直把孩子放在家裡吧？」闕擎搖著頭，「而且，他請假一週是妳告訴我。」

「對，因爲爺爺的事情……」厲心棠唉呀了聲，對啊，這樣說來，小樊應該是在家！「我只是想，可能他不能用手機！」

「在另外兩個小孩失蹤前可以這麼想，但現在不能這樣猜了——他應該都知道座敷童子在做什麼。」

如同前幾個孩子一樣，親眼看著那守護著自己的溫柔小姐姐，逐步殺掉可能欺負自己的人、自己討厭的人、乃至於親人，就是要他了然一身，這輩子只能有小姐姐一人。

欺負他的四個男孩不會放過，爺爺不能，他爸媽更不可能放過啊。

厲心棠終於感受到緊張，她知道事情迫在眉睫，但又希望小姐姐不會這麼快對高亦豐夫妻下手，因爲……她有沒有想過，小孩子沒有父母的話，該怎麼生活下去？

匆匆趕到高亦豐家，連正門都還沒進去，厲心棠再度感受到狠踹與暴打，不支得倒臥在電梯前。

「妳在這邊慢慢痛，我先上樓！」闕擎非常大方的把她拖到電梯邊的空地，

「感受完了上來。」

「啊……不要！」她咬牙喊著，感受到碩大的拳頭揮了過來，接著被拎起一隻腳倒吊，狠狠朝牆上甩去。

磅！背部重擊，接著又重摔落地，她痛到連哭都要哭不出來了。

「養妳不如養條狗！」男女交錯混雜的吼叫聲傳來，左右開弓連續不斷的巴掌甩在臉上！厲心棠只有挨打的份，她又痛又恐懼，心底還有著滿滿的恨意與怨懟。

爲什麼？爲什麼？她到底哪邊做錯了？

闕擎甩下厲心棠上了十樓，在那邊是安全的，她只是被鬼的情感渲染，陷入他們的經歷或是感情中而已，但是十樓就不一定了！

才出電梯，闕擎就看見了高家敞開的門，門口鞋櫃的鞋凌亂不堪，裡頭安靜異常。

鐵門與木門均半掩，站在門口往裡瞧的闕擎，角度只能看見客廳一角，他按了門鈴，同時嗅到一股令人反胃的氣味。

手指隔著衣服推開了木門，木門敞開直到撞到牆而停下，正前方的客廳一如平常，算不上整潔，但是沒有什麼兩樣，以不踩入爲前提，他扣著門框往裡喊。

「高先生？高太太？」開口喊著，同時往左邊看去，他因爲門的視線阻擋，他只能瞧見玄關與餐桌中的隔板以及餐桌的一角，但沙發跟男孩的房間倒是很清楚，「小樊？」

男孩的房門是關著的，闕擎完全不想進去，他知道這不是陷阱，因爲沒有殺氣或是不祥的東西，但空氣中這股氣味太噁心，他也沒興趣再提供更多東西給警方排除。

遲疑幾秒，他蹲下身子，果然這次瞧見了一隻手。

飛快轉身離去，電梯恰巧上樓，門一開，裡頭站著勉強撐住自己身體的厲心棠。

「有看到什麼新的東西嗎？手機借我。」闕擎勾勾手指，厲心棠側身叫他自己從小包拿。

「被打得更慘了，過程也更清楚。」厲心棠無力的靠著電梯裡的鏡面，「而且超餓，餓到胃快穿孔的感覺。」

「聽起來像那位小姐姐啊！真妙，她不在啊。」闕擎撥通電話，「喂，您好，我要報案！有人家門戶大開，而且有人倒在裡頭，地址是——」

身後的厲心棠聽得杏眼圓睜，誰倒在裡面？

「我沒有進去，你們自己來救。」闕擎講完地址立刻掛上電話，回身攙過厲心棠重新離開這棟社區大樓，「我突然覺得妳身上的傢伙好像還不錯，是在阻止妳上樓似的。」

厲心棠皺著眉被扔進車裡，她身上——還有東西？

「你說的那個附在我身上的東西還沒走嗎？爲什麼啊？」厲心棠激動的追問，「剛剛是他讓我看見被打的過程……不對啊，那眞的像是小姐姐的遭遇啊！」

「這不重要，我想座敷童子已經動手了，我看見地上有女人倒地，玄關中他們夫妻的家用拖鞋都不在，但小樊的卻留在那兒、但他的外出鞋不在，屋裡也沒人回應，加上兩個熊孩子被帶走——」闕擎一股作氣說完，轉身拉過安全帶繫上。

厲心棠張大了嘴，天哪！她動手了！

「那對父母死了嗎？」

「我沒進去查看，但上樓時門是開的。」小樊不可能去找厲心棠，因爲他並不知道她的住所。

而且眞想找，早該打電話了啊！

「他被小姐姐帶走了嗎？她想做什麼啊!?」厲心棠更加心慌了，「帶到她認爲的好地方，守護小樊長大嗎？」

「或是先殺掉那兩個欺負他的同學，按照前例來說，她會在孩子面前殺人。」闕擎友善提醒，這就是每個孩子最後都逼近精神崩潰的主因。

「那座山！胖牛的命案現場……但那邊已經被封鎖了！」厲心棠趕緊思考，「就算現在已經蒐證完畢，沒有警察在那邊，但是一旦有孩子失蹤，警方第一時間會再去那邊查找，不是安全地方！」

三個才小學的男孩，是能去哪裡？而且還有兩個是要解決的……厲心棠突然打了個寒顫，雞皮疙瘩一顆顆竄起，剛剛在樓下的情緒還沒完全撤出，她只慶幸沒有像那天一樣的撕裂痛楚。

「還有嗎？」闕擎即刻左右張望，總不會他車子裡有亡靈吧！

「不不……不是，是剛剛的感受太強烈，我抽離得還不徹底……」她難受得閉上眼睛，就可以感受那種對食物的渴望，虛弱、全身的痛楚，還有那份恐懼。

爲什麼會這樣虐待一個孩子？甚至還會拿刀割開她的皮膚，活像剝皮似的，她只能感受到切割、還有歇斯底里的哭喊求饒，尖叫的道歉聲不絕於耳……嗯？等一下——

厲心棠忽然換了口氣，深呼吸，「我覺得至少有五個人以上……傷口不同，身體跟手都不一樣。」

闕擎雙手放在方向盤上，沒打斷她，他本來就覺得附身在厲心棠身上的東西大有文章，畢竟她之前來這邊幾趟都沒事，就偏偏剛剛來要影響她？事出必有因。

厲心棠拼命想回想，「那個……告訴我！誰都可以，快點讓我知道他們會去哪裡——」

一秒閃現，滿室滿牆的鮮血，她掙扎著往前想逃，但是有隻手穿透了他的胸膛，刹地把他撕開了！

「呀——」她雙手掩面，她想起來了！那是第一次進小樊房間時感受到的痛楚跟感覺，有隻小手穿透自己的身體，被撕裂的痛是來自這裡！

大手溫暖的覆在她背上，試圖給予一點溫度，順便喚回她的神智。

「深呼吸。」闕擎穩穩的說著，看著她身上的黑絲氣體漫延上她的頸子，然後又漸漸退去。

「我沒事，我沒事……」她敲了一次自己的頭，「我覺得，可以去那間待售屋看看。」

闕擎略挑了眉，聽起來是個好地方，「爲什麼？」

他不想亂行動浪費時間，最後只是造成悲劇罷了。

「我第一次在小樊房間裡痛不欲生，那可能是靈體被撕裂的痛，所以我感應到的應該是十樓原本的座敷童子——但是，旁邊的場景卻是那間待售屋，而且是滿間都是碎靈的場景。」

「已經被撕碎的靈體，妳如何共情？」闕擎覺得不太靠譜。

「但剛剛在電梯前我也看見了啊，太多影像重疊，我沒辦法釐清，有像木屋的地方、也有黑暗的房間，牆上有掛勾，還有沒看過的地方，但的的確確又出現那間待售屋。」厲心棠緊張起來，「它出現最多次也算清楚。」

闕擎指尖在方向盤上敲擊，他覺得有點奇怪，被撕爛的靈體怎麼可能還有殘餘什麼情感去感染厲心棠？他怕是座敷童子的調虎離山，這樣才有時間讓她好好營造「她是唯一」的情況。

不過，厲心棠身上的東西也是關鍵。

警車陸續抵達，停在該社區馬路對面的闕擎從後照鏡看著下車的警察們，隨便瞥一眼就看見熟悉的身影，妙的是對方居然筆直朝他們走來。

警察還沒靠近，闕擎自動降下了車窗。

「又是你們？」展哥人都懵了，「爲什麼有你們的地方就——」

「因爲我們是善良好市民，我報的警。」闕擎趕緊接著說，「就十樓的高家，孩子不見了，我們現在要去找。」

「高家……怎麼又是他們？」展哥凝重的看著他們，「要不要告訴我怎麼回事？」

「講了怕你不信。」闕擎平靜的望向他，讓他自己選。

展哥俯身看向厲心棠，接著起身自己唸了幾句髒話，「等我。」

厲心棠緊張的攀住闕擎橫著的手臂，「等他幹嘛？我們先去那間待售屋看看吧？別遲了！」

「現在就算去那邊，妳打算勸說座敷童子投降嗎？讓她放棄小樊？」闕擎其實也很頭痛，「我希望可以確定她記得死前的事、重新確認自己親生的弟弟，這也是死馬當活馬醫……」

「先不管這個！還有兩個小孩啊！至少先救人啊！」厲心棠焦急的催促，「我們先走吧！」

唉，闕擎發動引擎，展哥緊張的立即大喊，「喂喂！等等啊！」

他沒管展哥的先迴轉，反正等等會跟警車擦身而過，厲心棠忙不迭拉下車窗，展哥一把扣住。

「我們要先去救人啊！」

笑。

「那等我啊！」展哥焦急的坐進警車內，「我跟車！」

厲心棠愣愣的看著坐進警車裡的展哥，再回頭看向闕擎，他倒是滿意的笑了

「他信我們。」

基本上這點他有幾分自信，因爲發生這麼多亂七八糟的巧合，警界其實是很信這種「冥冥之中」的。

他現在只希望那個什麼小滿姐可以趕緊找到座敷童子貨眞價實的弟弟，讓她認清時間已經過去二十年，即使是她的弟弟，也不再需要座敷童子的陪伴了。

第十二章 唯一依賴

車子駛近目標物的那棟待售屋，闕擎就知道厲心棠沒來錯地方，她在一旁拼命撥打那位房仲的電話，均無人接聽，他們正想著該如何進屋時，卻發現那間房子的燈光竟然亮著。

因爲在二樓，長廊型的房屋外都是低矮女兒牆，遠遠的就能看見氣窗透著亮光。

車子在公園邊的停車場停妥，在闕擎眼裡的那棟屋子非常駭人，與之前乾淨到過分相反，現在盈滿戾氣，以那間待售屋爲中心，方圓大概十公尺的範圍只有戾氣沒有任何亡魂，這才是最可怕的地方。

「這是小強。」展哥介紹了他的搭檔，「這位是厲小姐，這位是……」

「闕擎……叫小擎就好了。」厲心棠的簡化介紹，招來闕擎不客氣的白眼，小擎是什麼東西！

這種時候不要計較那麼多，誰叫你要取這麼難解釋的名字！厲心棠用眼神回應著他。

「我可以大概知道什麼事嗎？」展哥沉穩的說，「我相信跟那、個有關。」

這工作交給厲心棠，叫她長話短說，闕擎則從樓下往上看著那令人膽寒的屋子……很可怕的血腥氣，光現在透出的微光，他都覺得是紅色的。

「座敷童子？」小強重複著，一臉跟不上，「現在是在說那個守護小孩的座敷童子、殺了小孩子、害高家爺爺跳樓，然後還毒殺孩子的父母？」

「毒殺？」厲心棠錯愕，她錯過什麼了？

「高氏夫妻初步判定是中毒身亡，現場沒有呼吸心跳，現在送到醫院去搶救。」展哥補充道，「我也知道啥是座敷童子，但那不是我國文化。」

「所以人類的世界是狹隘的，都喜歡分這個那個，妖魔鬼怪的世界是互通的。」厲心棠說得理所當然，反而讓兩個警察一愣一愣，「但基本概念完全正確，這個座敷童子的所作所爲，就是爲了守護她選中的那個孩子。」

「不惜殺了其他小孩？」小強還是在鬼打牆。

「因爲那四個小孩霸凌了她要守護的人。」闕擎逕自走過來叫人了，「走吧，我怕樓上就有那兩個被綁架的。」

什麼？警察們立即警戒，「你說失蹤的小孩在這裡？」

「八九不離十，這邊。」

闕擎帶著他們往樓上走去，但是在往前走過其他車子時，厲心棠卻看見房仲的車子！那位先生在這裡？所以是他在帶人看房嗎？那爲什麼不回她電話？

走在中間的厲心棠突然朝右岔出跑向車子，展哥欸了一聲，闕擎跟著回頭並慢下腳步，他並不認得房仲的車子，但認得擋風玻璃上的LOGO，所以他趕緊奔去，及時抓住厲心棠。

「別過去！」一把向後拽回她，同時摀住了她差點驚叫的嘴。

擋風玻璃上有一道長長的紅色血痕，雖然一旁路燈昏黃，但他還是看到了。

小強與展哥趨前查看，房仲已倒臥在自己的車裡，喉嚨鮮血如注，看上去是致命傷，擋風玻璃上的血是高速噴濺，血跡是在車內的。

「別報警，現在先別驚動鄰里。」闕擎制止他們的通知，「我怕座敷童子殺紅了眼，會牽扯到無辜。」

「這是鬼殺的？」小強顯得不可思議，「這怎麼看都像人爲啊，割喉……」

「隨便，不要破壞現場，未來你們都能取證，就是現在暫時不要報警。」闕擎推著厲心棠趕緊回身，朝著屋子跑去。

小強非常遲疑，但展哥最後壓下他的手，那小擎是怕打草驚蛇吧？當警察也有幾年了，無法解釋的事多得不可勝數，他自己也遇到過，絕對是信的。

他們即刻不再多語的跟上闕擎，小心翼翼的來到了那間待售屋前，厲心棠仰頭看向門上的氣窗，上面竟全是鮮血。

出事了！

「我覺得來不及了。」闕擎在她耳邊低語，輕輕把她往旁推，「妳別進去了。」

「我又不怕。」她咕噥著。

闕擎睨了她一眼，不，他覺得她該怕。

他毫不猶豫的敲了敲門，他不覺得小姐姐不知道他們來了，敲門聲才起，裡面就傳來哭喊聲。

「棠棠姐姐——」

唉，闕擎實在是很想罵人，那小子可以少叫點厲心棠的名字嗎？果然厲心棠一聽見，就急忙想衝上前，但是卻被展哥一個箭步擋下！

他不傻，觀察著闕擎的反應，知道他不想讓厲心棠靠近！而且氣窗上的血跡斑斑，她還是不要進去的好啊。

「小樊嗎？可以開門嗎？」

裡面的哭聲未止，但幾秒後這唯一一扇門還是開啓，聽著門鎖轉開的聲音，但沒有任何人在門口。

闕擎直接推開門，濃重的血腥味頓時撲鼻而來，一屋子的腥紅讓展哥跟小強都傻了——整間屋子到處都是血液噴濺，最可怕的是在地上還可以看見不完整的小孩身軀。

闕擎抬頭看了眼天花板的燈，果然也滿是鮮血，所以燈光看起來才會泛紅哪。

「嗚嗚……」哭聲從最裡頭傳來，厲心棠無法忍受，直接推開展哥往裡衝！

「小樊……哇！」她踩進去時，第一腳就踩到了不知道什麼組織，差點滑倒，「我的天……小樊！」

「棠棠姐姐！」孩子從左手邊的房間衝出來，渾身都是血的他，可憐兮兮的撲向了厲心棠，「哇啊，對不起、對不起！」

「凶手還在裡面嗎？」小強緊張的擎起槍，戒備的往裡看著。

在啊。闕擎站在門口，指向了就站在正前方那個粉紅……已經是紅色運動服的女孩。

皮包骨的她就站在與門面對面，屋子底部的牆邊，浴血的她就是個紅人，腳下踩的是某個男孩的屍體。

但是現在的她，正眼都沒有瞧警察、或是闕擎，她滿眼的怒意針對的都是緊緊抱住小樊的厲心棠。

「哪裡？」展哥緊張的張望，他看不見啊！

「你正前方，看不見吧？」闕擎直接踏進屋子裡，小強緊張的大喊不要破壞現場，「厲心棠，出來。」

「不怕，不怕！我來了！」厲心棠護著小樊，小心翼翼的後退。

『誰都不能帶走你，說好的，你的小姐姐是我！』小姐姐果然即刻趨前。

「我不要！」小樊嚇得嚎啕大哭，「爸爸、媽媽——」

厲心棠護得小樊更緊，冷不防彎身一把抱起小樊，旋身就往外衝！但是小姐姐更快，她猛地跳起，直接衝向了厲心棠！

「哇呀——」厲心棠抱著孩子，向後騰空飛進了屋子裡！

這一幕，看得展哥是瞠目結舌，這是什麼東西啊!?厲小姐像電影一樣被什麼向後拉飛耶！

『我才是他姐姐！』座敷童子忿怒的尖叫著，『全世界，只有我、可以守護他！』

她咆哮得臉部扭曲變形，下巴都可以張開到腳底的猙獰，闕擎試圖要抓住厲心棠，但是小姐姐卻以迅雷不及掩耳的速度撞開他，然後直直衝向了外面兩個荷槍實彈的警察。

闕擎被掃打進屋裡，那兩個警察什麼都來不及反應，直接被一股莫名力量狠狠向後推，直接推翻出了女兒牆——咦?展哥瞪大眼看著空中，他們爲什麼……

磅！重物落地聲迴盪，闕擎跟厲心棠紛紛撫著背才爬起身，就聽見這令人膽寒的聲響，來自於……樓下！

外頭瞬間起了騷動，但是他們這間屋子的大門卻接著關上，闕擎急忙警戒的撐起身子，果然看見座敷童子已經站在屋子裡。

「啊！有人跳樓！」

「是警察！是警察耶！」

展哥他們掉下去了？厲心棠背部直接撞牆，疼得不行，之前在與亡靈共情時有過一樣的感覺，但這次撞的是自己的身體啊！不過緊圈住她的小樊沒事，幸好……

「棠棠姐姐……妳沒事吧！」小樊緊張的回頭，哭著看向門口的小姐姐，「不要傷害棠棠姐姐！」

『我才是你姐姐！』小姐姐氣得雙拳都緊握了，『你忘了嗎？你是我永遠的弟弟！』

「我不想要妳！我不想要妳了！」小樊哇的一聲大哭起來。

少說兩句吧死小孩！闕擎看著撲進厲心棠懷中大哭的男孩，這小子早晚會害死厲心棠而不自知。

「他才八歲，妳在他面前殺死這麼多人，他不嚇死才有問題……他父母也是妳下的手嗎？」闕擎趕緊引開座敷童子的注意，「把他四周的人都殺光，不能算守護他。」

小姐姐瞪了過來，一副你懂什麼的模樣。

「妳能養他嗎？能照顧他嗎？把他父母都殺掉只是會害慘他而已！」厲心棠跟著補刀，「妳最多就是一個守護小鬼而已！」

『有父母也不一定會被照顧，有父母就能活得很好嗎？』小姐姐尖吼起來，『看看我！』

啊……闕擎心頭一涼，對啊，她是被虐待至死的！

「妳記得妳是怎麼死的嗎？」雖然東風尚早，但他也不能讓她去找厲心棠開刀吧，出門前拉彌亞都好生交代了！

就近地上有個男孩正巧看著他，神情停留在最後的驚恐，看起來很痛很痛，頭顱都扁掉變形了，這位座敷童子不只是殺害欺負小樊的人，進行的還是狠毒的虐殺。

手段，比她養父母還可怕啊。

人，真的都會走上自己痛恨的那條路嗎？他忍不住想到了山裡的魔神仔。

小姐姐看著闕擎，眉心微蹙，明顯的透露出疑惑，她是怎麼死的……她看著自己又髒又乾的手，她好餓、好冷、好痛……一直有人在打她，對，她是被打死的吧？

『我是被領養的，不准吃飯的姐姐。』座敷童子流露出哀傷的神情，看向在厲心棠懷中發抖的小樊，『你記得嗎？你說要永遠跟我的？』

「高亦豐夫妻，只有一個小孩，就是高淳樊。」厲心棠一字字的說著，「他們沒有領養過任何孩子……小樊，你記得你什麼時候有姐姐的？」

小樊咬著唇，淚如雨下，他緊閉著雙眼搖起頭來，嗚咽不成話，「我不知道，反正我不要這個姐姐，我不要了——」

「是不是，就在閣屋子裡時認識的？」厲心棠試探性的問，畢竟這裡是座敷童子上一個家。

現在只怕小姐姐影響了孩子的思考或是直接改變孩子記憶，否則當初小樊不會這麼肯定的對大家說，她是被領養的姐姐。

外頭吵鬧聲不止，警笛聲由遠而近，這裡才二樓，希望掉下去的警察沒什事，然後就能上來看一下這令人髮指的命案現場了……必須得拖時間，闕擎悄悄調整姿勢，以便隨時能起身。

「妳不記得殺妳的人是誰嗎？妳是怎麼被打死的？」闕擎貼著牆，慢慢站起來，「是誰不給妳飯吃？是誰把妳的腳弄成這樣？」

原本走近厲心棠的小姐姐止了步，她轉向左看著闕擎，情緒明顯的波動，厲心棠感受到了！

「她不知道，她不記得了！」厲心棠趕緊喊著，「妳被打得很慘啊！居然忘記是誰殘害妳的！」

小樊抬起頭，淚眼裡盈滿不解，「爸爸媽媽沒打過她！」

「是她、的爸爸媽媽，每天揍她、打她，不給她吃東西，還把她綁在陽台。」厲心棠唸著新聞的記載，「最後，她連反抗的氣力都沒有，是被扔在地上……然後她媽媽從沙發上跳下來踩她，一直跳、一直跳……」

一直跳、一直跳……

小姐姐破碎的記憶緩緩湧現，一直跳……有個女人披頭散髮的朝著她尖叫，從好高的地方跳下來，蹬在她身上！好痛！女人每跳下來一次，她就覺得好痛、好痛，一直痛！

情緒的混亂傳達過來，厲心棠朝闕擎使了眼色，他趕緊接口，「所以妳有弟弟，妳記得嗎？那個才是妳想守護的人！」

他同時暗中的往門口邁了一步。

『弟弟？』小姐姐果然聽到了關鍵字，『我的弟弟……』

「不是我嗎？」小樊愣愣的指著自己，「我才是弟弟！」

「噓……」厲心棠連忙制止他說話，現在沒必要提醒座敷童子你是弟弟啊，傻孩子。

但來不及了！小姐姐立即回神，重新正首看向小樊，『那才是我的弟弟，我要保護他！』

「棠棠姐姐也會保護我的，我不想要妳的保護了！」小樊嚇得躲到厲心棠身後，「妳太可怕了，又好醜，我討厭妳！我討厭妳！」

討厭妳討厭妳……這句話在座敷童子腦中迴盪著，殺氣頓時湧出，直接衝向厲心棠！

『他，只能有一個姐姐！』

剎！快到只有殘影的速度，讓闕擎意識到這個座敷童子很快！快到他們根本來不及有辦法阻止——但闕擎還是衝過去，卻根本什麼都無法攔阻，厲心棠直接伸手大喊！

「妳不要靠近我們！」

無形的球體瞬間包裹住厲心棠，座敷童子撞上去時狠狠的朝天花板彈飛出去，這角度……她剛剛已經跳起來打算從上方攻擊厲心棠的頭嗎？

煞車的闕擎站在原地，僅僅遲疑兩秒立即就朝厲心棠走去。

「擠一下？」他一邊說、一邊試探著走到她身邊。

他順利的穿過那無形的防護，然後握住她還舉著的手，看著她無名指上的蕾絲戒指。

「這傢伙很硬耶，不到危急關頭好像不會有用？」他稍微鬆口氣，而且真的要到厲心棠會死的情況，這枚戒指才會引發保護嗎？太難懂！「到底有沒有使用說明？」

「沒有那種東西啊！叔叔就只是送我一個飾品而已！」厲心棠整隻手都在抖，「她快到我根本看不清……」

「沒有一定本事，怎麼能撕碎其他的座敷童子！」闕擎緊張得都累了，「再說件更糟的事。」

厲心棠不敢把手放下來，皺緊眉心，「我知道，警車聲消失了。」

他們互看一眼，下一秒，粉紅色小姐姐就又回來了。

喀啦！門被用力的打開，警察們舉著槍戒備，但是卻有些疑惑的張望，不過還是做了手勢，誰往左、誰往右，大家紛紛進屋去查看。

樓下的小強被抬上擔架，他運氣比較差，摔下來時插進了地面的尖銳物，命懸一線；而展哥摔上地竟沒有大礙，這樣的差別便是生與死的交界。

「報告，沒有！」幾名員警走出，剛剛摔下樓的警察拼命叫他們到這間屋子查看，還說被綁架的孩子在這裡。

可是什麼都沒有啊！

「這邊也沒有！」另一組也走出，「這就是間空屋吧！沒有人啊！」

不只沒有人，沒有血也沒有任何屍體，更別說什麼被綁架的孩子了！

「撞傷頭了嗎？」領頭的警察步出，「那兩個不是我們轄區的，爲什麼會到這裡來，還摔下樓？」

警察們面面相覷，滿腹疑問，就在此時，無線電裡傳來緊急呼叫。

「停車場發現屍體！」

咦！警察們即刻衝下樓，還不忘把門關妥，遲疑再三，讓鑰匙保留原狀的放在原地，猜想房仲或許就在附近？

「收到，立刻過去！二樓205室沒有異狀，也沒有孩子，只是間空屋，OVER。」

正被擔架抬起的展哥瞪圓了眼，看著站在他身旁通訊的警察，「收到，OVER。」

空屋？

警車聲與鄰里的喧鬧聲是在某個時候消失的，兩個警察墜落這樣的事不可能立即安靜下來，唯一的解釋就是小姐姐把這裡放進了另一個空間中……這不是太好的狀況。

「殺害這些小孩時也是這樣開設結界嗎？所以他們喊得再淒厲也沒人聽得見。」闕擎嘆口氣，雖然他們對慘死的亡靈已經見怪不怪，但現在地上屍體不全的都只是孩子，看了還是令人難受。

『他們不該欺負弟弟。』小姐姐重新踏著滿地鮮血而來。

她只是靠近一步，小樊就更緊張的往厲心棠後方鑽，他連露顆頭都不敢，整個臉是貼著她後腰的，抖得厲害。

「妳看妳把弟弟嚇成怎樣？他根本不敢接近妳，這就是妳守護的方式？別說在他面前殺害親人了，光虐殺同學就可以嚇死他了！」厲心棠現在想到的是小樊未來的心理狀態，「妳守護過這麼多個弟弟，難道還不知道嗎？」

『他們都對他不好！只有我能對他好！』小姐姐非常的執著，『而且我們約好，要永遠在一起的。』

「我不要！我不要——」小樊哭得可憐，「妳好可怕，妳不是我小姐姐，不是我小姐姐！」

座敷童子臉色不變，沒廢話的直接衝殺過來，厲心棠嚇得舉起戴著蕾絲戒指的手，但這一次小姐姐卻毫無懸念的抓住她的衣服——一把揪起，再往後扔向了牆！

又是似曾相識的飛躍感，闕擎伸手想抓住厲心棠，但粉紅小姐姐反手就掐住他的頸子，左手一握拳就要朝他的鼻梁打下。

雖然他沒靠臉吃飯，但也不代表喜歡被揍，闕擎趕緊握住她擊上的拳，順勢把自己手腕上的護身符手鍊拉到她手腕上去。

『啊！』小姐姐驚恐的抽回手，紅繩在她手腕上泛出淡淡金光，瞬而束緊，像烙鐵一樣嵌在她皮膚上。

但是沒有銷融也沒有造成重度傷害，這反而讓闕擎錯愕了！

「棠棠姐姐！」小樊已經嚇得朝厲心棠奔去，誰讓她摔上地後就趴在地上發抖。

厲心棠被摔回門邊玄關處，短期間在兩點一線中進行飛躍啊！

『拿下來！』座敷童子朝著闞擎尖叫著，拼命甩著那看似一甩就斷的小手。

爲什麼法器沒有傷害她？因爲她是座敷童子？就因爲已經算半個守護神，不算鬼了？但她殺了這麼多人，也不能就這樣算了吧？闞擎瞇起雙眸，突然伸手拉扳過座敷童子的頭，但她卻及時閃過，刹地跑到了小樊身邊。

『幫我拿下來，小樊……』這一秒，小姐姐變成可憐兮兮的模樣，拜託著男孩。

痛死的厲心棠趴在地上，人都站不起來，她覺得肋骨斷了……小樊焦心的想扶起她也沒有辦法，突然間小姐姐又跑過來，只是讓男孩嚇得魂飛魄散而已。

「哇啊——哇啊！走開！」小樊放聲大哭，又想躲到厲心棠身後，「姐姐！棠棠姐姐！」

小姐姐看著拼命黏著厲心棠的男孩，神情只有逐漸凝固……

『果然，五個人……現在就剩一個人……』她忍疼似的握緊左拳，奇妙的鮮血開始滴落，紅繩陷進她的肌膚後像是切割著她的肉一般。

看起來她左手應該被限制了吧？厲心棠咬著牙緩緩轉頭，還是站不起來的看著身邊那雙染紅的腳。

「妳是在傷害他，從來就不是保護！之前的弟弟呢？他們人在哪？」厲心棠就是要座敷童子回答她，想一想她過去守護的弟弟們下場究竟有多慘！

小姐姐綳著身子瞪著厲心棠，再瞄向小樊，過去的弟弟們？那些她日夜陪伴著、辛苦照顧的弟弟們……他們就跟小樊一樣，畏懼她、不再讓她靠近，哭著吼著對她說「求求妳讓我死了吧！」。

即使他們已經長大到看不見她了，卻還是選擇了死亡。

「放下吧，妳的守護會害慘小樊的。」闕擎輕聲的說著，可以的話，他希望和平解決這一切。

他可不想受傷，或是被摔來摔去。

小姐姐搖著頭，再搖了搖，痛苦般的顫抖身子，但數秒後再站直，『都是因爲她！如果她不出現，小樊就只需要我就可以了！』

鬼最好會等人恢復，座敷童子一腳踹翻厲心棠，她就打個滾變成躺在地上，伴隨著小樊的尖叫聲，小姐姐直接把他推進一旁房間去，還把房門給關上，徒留小樊在裡面歇斯底里的狂叫。

『妳，爲什麼，要來跟我搶？』小姐姐再度跳起，懸在半空中，接著狠狠的朝下蹬上厲心棠的身體！

「噢——」這一腳蹬上腹腔，厲心棠疼得蜷起身子，這完全就是小姐姐當初被殺的過程啊！

被虐打大的她，就只學到了這些方法嗎？

但小姐姐當作她是彈簧墊似的，蹬下、躍起、再落下——只是這一次闕擎雙手拉著厲心棠的身子，整具拖走，讓小姐姐一時踩了個空。

「沒人要的！」闕擎突然衝口而出！

喝！小姐姐在落地的瞬間，震驚得定格了。

——沒人要的——這四個字就是她的名字，幾乎是刻在她的靈魂裡的。

「沒人要的，吃飯了！」「沒人要的，妳給我滾去陽台！」「妳這個沒人要的，我瘋了才會領養妳！」

被闕擎平移拖走的厲心棠壓著腹腔，捲成一團的咬牙，手機在她口袋裡震動著，房間裡傳來小樊不停敲著門吶喊的哭聲，藉著闕擎的掩護，她吃力的拿出手機查看，滿心希望……是小滿姐。

『閉嘴！我才不是沒人要的！』小姐姐怒不可遏的轉頭瞪向闕擎，『不許你再喊我那個名字！我是姐姐，我只是姐姐——』

尖銳的聲音幾乎要刺穿耳膜，連裡頭的男孩都像嚇到似的噤聲，座敷童子抓狂的朝闕擎衝來，她有人要，弟弟需要她、她要守護著弟弟，她是個好姐姐，她才不是沒人要的孩子！

才不是——

「不要傷害棠棠姐姐！」小樊驚恐的吼聲從裡面傳來，只怕他也感受到小姐姐的盛怒了。

闕擎俐落的拿出身上暗藏的長繩，看著登高又要蹬下的小姐姐，繩如鞭般甩出，迅速圈住她的身子，然後一招收緊繩子就把小姐姐往地上砸去。

「妳這個沒人要的小孩，出生到底是為了什麼！」闕擎戲演足了全套，一隻腳不客氣的踩上座敷童子的身體，「連死後都不平靜，就不能滾到角落去好好當隻鬼嗎！」

啊啊……她彷彿看見了，站在沙發上的女人……不，那是媽媽！媽媽用忿恨的眼神瞪著她，然後再跳下——

『啊啊啊——』座敷童子奮而起身，輕易撞開了闕擎。

他早有準備，本來就是刻意激怒她的，她身上的紅繩也是法器，至少可以對她造成傷害或是束縛吧？所以闕擎不過就是從厲心棠身上掠過，再滾個兩圈，沒有大傷！不過身上全是那兩個孩子的血肉，很噁心。

小姐姐痛苦的蹲下身子，綁在她身上的繩子果然也嵌進她身體裡，她痛苦的仰頭嚎叫，厲心棠撐著爬起身體，用不可思議的眼神看向闕擎，才想說什麼，公寓大門卻傳來轉動的開鎖聲——咦？

咿！鐵門被直接推開，槍口直指了站在中間的小姐姐。

「不許動！妳——」展哥移槍對著小姐姐，眼尾瞄著右邊角落的厲心棠與闕擎，「小樊呢？」

他看著滿屋的鮮血跟依舊存在的屍體，這明明就是命案現場，爲什麼剛剛同袍偏偏說只是間空屋？到底是他腦子壞了還是同事們找錯間了？

「在房間裡，沒事。」闕擎皺著眉，滿頭問號——展哥是怎麼進來的？

「妳！小妹妹——」展哥顫抖的手指向背對他的小姐姐，「轉過來。」

展哥看得見小姐姐了？

他沒有很想回來，但是迫使他忍著疼從擔架爬下來的衝動，是因爲他剛剛掉下樓時，他突然看見了在女兒牆上「飄」著的，粉紅色運動服的女孩。

闕擎滑回厲心棠身邊，焦急的想看東風是不是到了！她用顫抖的手將手機轉給闕擎看，小滿姐還在傳著訊息問：「他沒接電話！」

座敷童子撫著胸口，繩子已勒緊她的靈體，讓其痛苦得扭曲臉孔，只有頸部轉動的她，回望了站在門口的展哥。

「展哥，你是吳逸展？」厲心棠忍著激動，「你是被領養的嗎？」

展哥皺了眉，並不意外的點點頭，「對。」

他手上的槍發抖著放下，跟前絕對不是人的女孩背對著她，頸子卻轉了一百八十度，即使噁心恐怖，即使她滿臉是血，但是還讓他瞠目結舌。

「他才是妳弟弟！」闕擎即刻對著小姐姐大喊，「他才是妳弟弟，妳叫他小展還是什麼玩意兒……已經二十年了，他不再需要妳的守護了！」

吳逸展，被領養後改名俞逸展，小滿傳來的訊息清楚的寫著，居然就是展哥。

她眞的信了冥冥之中啊！

「……姐姐？」展哥槍都要拿不穩了，「我的天哪！虹燕姐？」

人的出生不能選擇父母，而他就有一對非常不稱職的父母，好玩樂又不負責任，想生孩子卻沒有思考過養孩子的責任，爲博美名跟賺取補助，先領養了一個女孩，但沒想到兩年後他出生了。

父母愛他這個有血緣的兒子，但也不是獨寵，因爲他們根本不適任父母一職，但至少跟燕燕姐姐比起來，他能睡能吃又不必被打，可是燕燕姐姐永遠只能穿一件從舊衣回收箱撿回來的破爛粉紅色運動服，不被允許吃飯，爸媽還動不動打她。

即使他那麼小，姐姐被打的記憶也是刻在他腦子裡的！他只能看著，也不敢上去阻止，能做的只有偷偷給姐姐吃零食跟喝水而已……但到後來，媽媽把她綁在房間裡，也不許他進去了。

直到某一天，陌生阿姨去幼稚園接他，然後他就再也沒有見過父母跟燕燕姐姐了；他後來搬去新的家，有新的爸爸媽媽，養父母並沒有隱瞞他太久，就告訴他實情。

他的燕燕姐姐被打死了，父母入獄，放棄監護權，他很快被領養。

座敷童子讓身體也轉正，疑惑的看著眼前的警察，她不喜歡警察……基本上當鬼的都不會太喜歡。

「虹燕姐……為什麼在這裡？」記憶或許模糊，但這身運動服，還有那瘦弱的身體，「她比當時再大了一點。」

「因為她想守護人，死亡時的她太小了。」厲心棠在闕擎攙扶下站了起來，「燕燕？她叫燕燕嗎？」

展哥點了點頭，「虹燕姐，是……造成這一切的人？」

「或許因爲太想守護你，所以她死之後成了座敷童子，一直找個弟弟守護，方法不太對就是了。」闕擎略微比劃一圈現況，「她的方式就是讓弟弟們只剩她一個人可以依靠，所謂究極的守護。」

「不……妳已經死了。」展哥試圖跟座敷童子說話，「記得我嗎？燕燕姐姐？我是小展，妳都叫我小展的，我叫妳燕燕姐姐。」

淚水，突然滑出座敷童子的眼眶，那個小展弟弟，已經長大了嗎？

那個會偷偷塞糖果餅乾給她吃、偷偷給她喝水的小男孩，怎麼變這麼大了？他不是應該連走路都不太穩，爬到她身邊，會偷偷摸她的臉、抱著她？

『我一直在等你。』小姐姐突然嘴角顫抖的勾起笑容，『我躺在房間地上，好餓……好餓，一直等，一直等……』

等著那個可愛的弟弟再次出現，爬進來餵水送餅乾……但、是，那個弟弟終歸沒有出現！

因爲他跟爸爸媽媽一樣，丟下了她！

殺氣突地竄出，有違於厲心棠他們期待的姐弟大團圓，座敷童子全身幾乎都冒出了黑氣！

「殺氣！」厲心棠尖叫出聲，「展哥，離開！」

『我這輩子最恨的就是你！』她痛心的叫起來，『你不要出生的話就好了！』

在他出生前，她有過美好的時光，至少爸爸媽媽會帶她出去玩，媽媽會做好吃的東西，她從來不會被打，她是唯一的孩子！

她怎麼會想守護這種弟弟啊！

小姐姐突然變得巨大，不顧身上的束縛，舉起右手就往展哥身上戳了過去，厲心棠腦中湧現了與亡靈同步的景象，過往曾被穿過身體的座敷童子們，就是這樣被撕碎的！

「不行！」她踉蹌的想衝出去，身後的闕擎卻二話不說圈住她的腰，直接向後拖。

小姐姐是往死裡殺的，她那明明骨瘦如柴的小手直接刺入了展哥的心窩，但是，警徽終究擋下了一切。

『呀——』

警徽的殺傷力比法器大多了，座敷童子嚇得縮回手，展哥同時也被這一擊導致踉蹌得跌坐在地，但毫髮無傷——那才叫守護的力量。

身為警察的展哥，連座敷童子也無可奈何對吧！

闕擎扣緊懷中的女孩，反正她沒多少氣力能掙開他，不讓她衝動。

「來了。」他貼在她耳邊低語。

來了？什麼……厲心棠眼睜睜看著小姐姐想二度出手，她的殺意是眞的，就是想要殺掉她的弟弟！

她不懂啊！小姐姐不是因爲想要守護弟弟，才變成座敷童子嗎？

門口唰地一陣風壓，一道黑帶紅的影子由下而上劃出漂亮的弧線，風壓似的無形物直接把小姐姐震飛！

「哇喔！門都開好了，這麼貼心！」女人站在展哥身後，將手上的大刀扛上右肩，環顧四周卻皺起眉。

她身後跟著走來的男人哇喔了一聲，主動從女人身邊閃身走進，然後抓著展哥的後衣領就往外拖了出去。

「接下來沒您的事，在這邊休息一下。」唐玄霖親切的笑笑，轉身回到屋內。

咦？咦？厲心棠吃驚的看著走來的那對姐弟，上次也是在這間屋裡遇到的，唐家姐弟。

帥氣斯文的唐玄霖熟練的往地上拋出了滾筒狀的塑膠布，像鋪紅毯似的，卷軸一路往裡頭去，就眞的鋪出一條寬一百公分的塑膠布條，而卷軸的盡頭，就是癱在地上的小姐姐。

剛剛來得太突然，厲心棠什麼都看不清，直到那個唐家姐姐將一把大刀扛上肩頭時，她才知道那道黑紅光是來自於大刀，但刀子是黑色的啊，紅光是哪兒來的？而座敷童子剛剛被一刀從正面劈開，竟再也難以動彈的癱在角落。

她甚至不確定大刀有沒有砍上小姐姐咧，威力竟這麼大？

她想移動，但是身後的闕擎卻不讓她往前，接下來的事交給專業的就好吧！這可是交換條件，說好要把座敷童子雙手奉上的。

「她傷得很重啊！」厲心棠訝異的是，這樣凶惡的座敷童子，居然被一刀就砍傷了？

「她只是需要時間恢復而已，我姐刀子根本沒碰到她，只是類似風壓罷了，等等傷口就會恢復了，畢竟這位妹妹執念很深喔！」唐玄霖率先走到座敷童子面前，僅距離了一公尺，「這就是愛的力量嗎？爲了守護弟弟不遺餘力。」

「屍橫遍野叫守護喔，要不要考慮先守護自己？」唐恩羽緩步上前，揮舞著大刀，看似在舒展筋骨，準備展開大戰。

『弟弟……』

「這叫……座敷童子是嗎？」唐玄霖用輕視的語氣問著，還是看著厲心棠他們問的，「守護小孩子的守護神啊，殺了這麼多人，連鬼都殺，卻不能養活小孩，妳這種人能守護什麼？我說眞的，妳有這麼大的本事，是不是應該先去找把妳打死的凶手算帳？」

唐玄霖直接蹲下來，嘲諷的看著躺在地上的座敷童子。

「她敢嗎？」站著的唐恩羽睥睨著座敷童子，「如果敢，就不會只是在這裡欺負弱小了，甚至連自己的弟弟都要殺，卻不敢對……那個踩死她的養母下手？」

小姐姐咬著牙站起來了，她剛剛被傷及之處果眞慢慢癒合，但是鬫摯套在她身上跟手腕上的紅繩更深入的嵌進她皮膚裡，她瞪著眼前出現的陌生姐弟，已被怒氣灌滿。

「妳沒有資格守護任何人，裡面那個小孩，我們會把他一樣再丟進去孤兒院，讓別人來領養他。」唐玄霖任小姐姐緩緩站起身，「再幫他找一個，也會揍他的養父母吧，看妳能守護到什麼時候呢？」

爲什麼……厲心棠瞪圓了雙眼，這對姐弟爲什麼要這樣激怒小姐姐？

『不許你們碰我弟——』果不其然，小姐姐瞬間被激怒，身後迸發出駭人的血霧，再度一秒內膨脹成十倍大，居高臨下的揮向唐家姐弟。

可怕的是，唐玄霖居然穩住重心，人倏地蹲下，以蹲姿倏地轉身畫了半個圓，瞬間轉到其姐的身後！而唐恩羽雙手握大刀早已舉起，就等著座敷童子朝她撲殺過來！

不行——厲心棠腦裡傳出了聲音，黑氣瞬間從她身上竄出，這股力量不僅讓她脫離闕擎的懷抱，甚至扯著她直接衝向座敷童子。

厲心棠！闕擎連抓都抓不住，甚至她在向前衝時，還利用反作用力朝後推了他一把。

「魔誅領罰！」唐恩羽中氣十足的大喝，用力揮刀砍下！「去地獄懺悔吧！」

厲心棠竟衝到她與座敷童子的中間，伸手環抱住了變異的座敷童子，而她身上附著的黑氣疾速集結成形，自她的背部竄出，竟組成一張破碎的人類上半身模樣，正面迎向了劈砍而下的大刀。

『呀——』

淒厲但破碎的慘叫聲伴隨著被劈散的黑影爆開，極其短暫而虛弱，那只有上半身的人影成了黑色碎片飄散。

『不是……她的錯……』分解的黑影用殘餘的臉部，痛苦的說完，隨之灰飛煙滅。

咦？唐恩羽收起刀勢，不明所以的看著突然衝來的厲心棠，還有她身上那像人形的黑色網狀物，回頭與弟弟交換眼神。

亡魂的情緒清楚的傳遞給厲心棠，她同步感受到被砍殺的痛楚，那果然是靈魂被殺掉的痛，豈止撕心裂肺、豈止錐心刺骨，更可怕的是心裡的傷痛，淚水潰堤，她卻緊緊抱住了座敷童子。

「啊啊啊——啊啊啊——」忍不住疼的厲心棠痛苦的叫著，而她懷裡的座敷童子卻不知何時回到了原本那乾瘦的小姐姐模樣，任她緊緊抱在懷中。

闕擎踉蹌走來時，內心亦大為震撼——

在厲心棠身上的那抹寄生的殘餘靈魂，是高家十樓的原始座敷童子！

而那個被小姐姐撕開的座敷童子，撐著最後一縷魂魄不散，附在厲心棠身上，就是為了守護這個殺了自己又鳩佔鵲巢的小姐姐。

因為，小姐姐也還是個孩子啊！

第十三章 堅定的守護

章警官接手後，就沒有太多需要擔心的事，雖然不是他們轄區，但事情太過詭異，所以該轄區的警察們還是請章警官協助，而章警官則指定展哥陪伴跟隨，展哥非常需要親手處理這個案件，才能好好放下不屬於孩子錯誤的結。

待售屋一秒變凶宅，不過前屋主也是家破人亡，這間屋子怕是難賣了！在小強跟展哥掉落時去搜查的警察們紛紛緘口不提那天的事，因爲有三個人都看見是空屋，甚至門上還有鑰匙？結果一小時後別說鑰匙不見了，裡頭還變成屍塊遍佈的案發現場，鑰匙被扔在洗手槽裡，當中的貓膩詭異，大家光想起就毛骨悚然。

欺負小樊的另外兩個男孩死狀甚慘，因爲身體均經過粗暴的切割，還有現場的打鬥，暫時很難判定確切死因，不過就小樊的證詞，兩個男孩一樣都是活生生被虐殺的，切割肉、剝皮、鑽孔，全是座敷童子在他面前下的手，爲了懲罰「欺負」他的同學。

對外，當然是說小樊全程被蒙眼不知情，僥倖逃過一劫，而連續殺人犯仍舊在逃，反正也不會有下一個受害者了吧！這終歸是一場懸案，眞正的凶手已經交給了唐家姐弟。

由於小樊的親人已死亡，將交由潘瓊雯的妹妹照顧，幸好她的妹妹人非常好，也很喜歡小樊，應該會是個好媽媽；至於開銷倒是不必擔心，因爲潘瓊雯與高亦豐生前因爲不順，把希望寄託在樂透上，他們死的那天開獎，兩個人都中了頭獎，這筆錢成爲信託基金，成爲小樊的撫養費。

「座敷童子果然能爲家裡帶來興旺啊！」闕擎似笑非笑，「只可惜他們夫妻享受不到。」

厲心棠瞪了他一眼，「這什麼場合？好好講話啊你！」

他們站在殯儀館的某個靈堂外，這是高亦豐夫妻與爺爺的公祭，但闕擎拒絕進入，要他到殯儀館已經很過分了，這裡的鬼比人還多，平時他根本會繞開這方圓十公里，現在還叫他過來？還想叫他好好說話？

「我爲什麼要到這裡來？妳明明知道——」

「阿天在附近，他會保護你的！」厲心棠認眞的說著，撒嬌般的握住他的手肘。

闕擎做了個深呼吸，「阿天也是鬼。」

「嗯……反正他會保護你。」厲心棠笑得尷尬，她不知道怎麼辯解啦，煩！

靈堂裡終於走出了小小的身影，他一見到樓梯下的厲心棠，二話不說立刻哭著衝過來。

「棠棠姐姐！」小小的身軀逕直撲進了厲心棠懷中，聞者心酸。

厲心棠也只能緊緊抱住他，難受得流下淚，小樊身後跟著的女人就是阿姨，她朝厲心棠跟闕擎頷了首，他聽警察說過，知道這兩個人是誰，一直想親自道謝。

「我會好好照顧小樊的，請放心……其實我姐本來也是個很棒的母親，但我真的覺得她後來變得很奇怪。」阿姨難受得哽咽，「連我姐夫都不是那種暴躁的人，更別說會下毒殺害對方了。」

厲心棠劃上勉強的笑容，「我相信妳。」

她當然相信，因爲這都是座敷童子的行爲，她刻意影響他們的個性，或是製造各種發生誤會的情景，說不定連失業都是她一手促成，爲的就是要毀掉小樊的家，讓自己成爲小樊唯一的依靠。

「棠棠姐姐，爲什麼妳不能收養我？」小樊哭得一把鼻涕一把眼淚，「我想跟妳在一起，我想要妳當我的小姐姐。」

厲心棠蹲著抹去孩子的眼淚，「我不可能收養你啊，你有阿姨，再不然也有叔叔伯伯們，而且……我不懂得怎麼照顧孩子。」

「可是妳很溫柔，妳可以照顧我喔，我只想跟妳住在一起！」小樊哇啊的哭了起來，「只有妳可以保護我！」

跟厲心棠住？才看見兩個被殘殺的同學就哭成那樣了，「百鬼夜行」裡全是鬼耶！

「你不會想跟她住的。」闕擎認眞勸說，厲心棠回頭嘖了一聲。

「你想找我隨時都可以找我喔，但我眞的沒有能力收養你，而且，你阿姨是個好人，她也會好好照顧你。」厲心棠溫柔的說著，「你要乖，好好長大。」

事實上，等會兒她就必須刪掉小樊的所有聯絡資訊了，她不能再跟小樊有任何聯繫，這樣也會造成新家庭的負擔，要讓小樊好好的、專心的去適應新的環境。

小樊沮喪的看著她，又難受的哭著，「我以爲可以跟妳在一起的，妳才是能保護我的人。」

「阿姨也可以保護妳的喔！」阿姨蹲下身，從後面輕輕拍著小樊。

小樊沒有理會他的阿姨，仍舊淚眼汪汪看著厲心棠，「那我長大後，妳也長大了，可以再領養我嗎？」

厲心棠笑了起來，「等我們都長大了，你就不再需要我的保護了。」

小樊又難受又鼻酸，痛苦的抽口氣，這才緩緩的點點頭……是啊，到那個時候，就不需要大人保護了。

小手從口袋裡拿出一把糖果，遞給了厲心棠，她張開手掌接過，是初次見面時，她給他的巧克力糖！

「謝謝棠棠姐姐。」小樊哽咽的說著，「這是我的寶物，謝謝妳！」

厲心棠又感動又難受的擠出笑容，孩子要的不多，那天才給他三顆，他就視如珍寶了！

她收了下來，站起身看向阿姨，「就麻煩妳了。」

「放心吧，他是我的外甥！我也很謝謝你們替小樊做的一切！」阿姨雙眼都哭腫了，「我至今還是很難接受這種事，小小年紀卻遭遇過這麼多的死亡，不過我一定盡全力照顧他。」

「還有，小滿姐說她得定時去看心——」理醫生，後面她用嘴型暗示。目睹太多親人死亡，加上同學的死狀太慘，厲心棠也很怕小樊走上跟之前所有小孩一樣的路。

小樊依依不捨的圈著厲心棠，直到必須回到靈堂去，被阿姨牽著走時，依舊回頭看著她，淚流不止；厲心棠也忍不住哭了起來，此時小滿姐恰巧離開靈堂，與小樊他們擦身而過。

「好了，別哭了，這就是一個經驗。」小滿姐倒是很釋然，她一直都在這些過程中度過，「記得把聯絡資料刪掉，不能再回應他了。」

「我懂。」

「他阿姨會好好照顧他的，我們也會注意，妳呢，這陣子就都不要到社福單位來了，好嗎？」小滿溫和但堅定的說著，「妳需要暫時避嫌外，也該好好調整情緒，我們有合作的心理醫生，需要的話可以安排你們兩位去……」

「不必。」這會兒他們兩個倒是異口同聲。

厲心棠與闕擎互看一眼，紛紛劃上一抹瞭解的笑容。

小滿不管他們的反應，還是把名片給他們，去看心理醫生不是什麼可恥的事，她光聽到展哥描述的現場都想去看醫生了，更別說身處裡面的他們。

「妳的個性其實很適合當社工，只是太衝動了，不過這次還是謝謝妳，結果雖不完美，但至少救下了一個孩子。」小滿笑得挺無力，「但我一點都不想再遇到這種事了，我比較喜歡幫助活著的人。」

只要回想起他們曾經去過那個有阿飄的高家，小樊是真的牽著一個「小姐姐」站在自己面前，小滿就頭皮發麻。

「我也只是想增加經驗，軋工作超累的，本來大夜班就夠我操的啦。」厲心棠客套的說著，知道小滿姐不希望她再去找她了！

「嗯……我們不是要去小樊家嗎？可以走了嗎？」闕擎受不了的打斷，快閃人行嗎？

高家已經搬走清空，但是厲心棠想再進去小樊的房間一趟，她覺得或許……

那間屋子原本的座敷童子，還留下些什麼？

「啊，對！」小滿遞給他們鑰匙，她也有去協助搬家，「離開時鑰匙直接交還給警衛就好，我也跟展哥說過了。」

「謝謝。」厲心棠接過鑰匙，與小滿告別後，認眞的看向靈堂，還是深深一鞠躬。

人生沒有什麼應該或早知道，高亦豐一家都是無辜的受害者，因爲他們遇上了二十年前被虐打致死的吳虹燕，他們去看那間待售屋是命、小樊遇上吳虹燕也是命。

吳虹燕幫助高家找到合適的租屋，但那間十樓的房子早有座敷童子，她才不會理睬，直接殺掉……可是，被殺的原始座敷童子到最後，卻拼死守護著吳虹燕。

一抬頭，身邊的闕擎已經遠去，厲心棠趕緊追上，他眞的迫不及待耶！

「欸，吳虹燕怎麼了？」厲心棠跑到闕擎身邊問。

「不知道，那不是我們該管的了。」闕擎不在意的說著，「唐小姐會處理吧。」

「我還眞怕她的處理。」厲心棠想起還是有點心慌，「她那把黑色的大刀有點可怕。」

闕擎點了點頭，是一把遠觀就會令人發寒的東西，不像是一般法器，可是他看唐小姐拿得好輕鬆啊。

那天厲心棠衝過去抱住吳虹燕時不是她的意識，她的身體是被附在她身上的黑氣拖過去的，而那黑氣是殘破的座敷童子，一直跟著厲心棠不放，就是因爲知道厲心棠與吳虹燕有關。

而吳虹燕，居然就在厲心棠那個擁抱下失去殺氣，以一種近乎歇斯底里的痛哭癱在厲心棠的懷中。

結果，最需要擁抱的，居然是這個一直想守護別人、血腥殘忍的座敷童子。

闕擎瞄了沮喪的她一眼，才勉強開口，「至少他們不會殺掉她吧！雖然吳虹燕的所作所爲非常超過，但那天的模樣，還是挺令人動容的吧。」

「她只是希望有人擁抱她……有人愛她而已，好微薄的希望，卻這麼難得到。」厲心棠想到就爲她難受，「但是她手上染的血腥太多了，幾輩子都還不完。」

「呵，說不定在地獄還比當人快活呢！」闕擎嘲諷的笑著。

是啊，連厲心棠都不得不承認，在吳虹燕短暫的人生中，活得比地獄還可怕吧！

重新再步入高亦豐這間十樓仕屋時，屋子已經搬空，窗明几淨，陽光正照亮著整間屋子。這間房子也是瞬間變凶宅，警方查出是潘瓊雯將毒藥放在湯裡，高亦豐則下毒在胡椒罐中，但明白的人都知道，應該是吳虹燕的傑作。

厲心棠逕直走到小樊的房門前，準備開門的手還微微發顫，「要是又感受到什麼，我不知道我撐得住嗎？」

她這次外傷不多，但骨頭斷了兩根，吳虹燕在她腹部蹬的那幾腳可一點都不含糊，她真的內出血了！模彷照做得完美……但也讓她完全體會，當年被活活蹬到死的吳虹燕，有多麼的痛！

「妳不是說阿天會保護妳？」闕擎挑了挑眉。

她皺起眉，感應亡者的情緒是阿天可以幫她阻斷的嗎？但是她就是想要再進入一次！走！

鼓起勇氣推開門，小樊的床跟書桌都留下了，只有衣物搬走而已，孩子沒多少東西，最多就衣服跟玩具而已，正對門的窗戶敞開著，氣息清新，完全沒有什麼陰霾感。

「完全不一樣的感覺啊……」厲心棠訝異的看著四周，「你有看見什麼要跟我說喔！」

闕擎步步穩健的跟入，深吸一口氣，「妳想找什麼？」

「原始的座敷童子……有留下什麼線索嗎？」她緊張的問著，因爲在她眼裡，這只是一間普通的房間。

闕擎搖了搖頭，「妳該知道，原本的座敷童子已經魂飛魄散了！它賭著最後一口氣跟上妳，就是爲了保護吳虹燕，附在妳身上時就已是苟延殘喘，根本挨不起那一刀。」

「就只是爲了護著她啊……」厲心棠想起便悲從中來，「你不覺得這是個令人傷感的輪迴嗎？一樣都是死亡的孩子靈體，吳虹燕想要守護弟弟，不惜一路一直屠殺其他座敷童子，但這間屋子的座敷童子卻能看出吳虹燕的痛，就算被她殺害，也要護她到最後。」

「說到守護啊……你知道展哥爲什麼長大後立志當警察嗎？就是因爲目睹吳虹燕被虐待，才希望自己有能力守護他人；但這位影響他的姐姐偏執想要守護弟弟，卻是全天下哪個男孩都行，就不能是展哥。」

當她認出展哥，卻殺意甚堅時，眞的是讓他愣住了，她只想守護除了她弟以外的孩子啊！

厲心棠從口袋裡拿出剛剛小樊給她的那顆巧克力糖，好整以暇的擺在地上，雙腳竟然一跪，雙手合十：

「一樣都是守護，意義眞是天差地別。但我希望每個座敷童子；世界上每個不管有人要或是沒人要的孩子，都能好好的！」

就算不被父母喜歡，也可以跟她一樣，被良善的人……或鬼或妖也行啦，好好對待。

闕擎默默望著誠心祈禱的她，這都是天眞的想法，世上本無絕對，有光就有暗、有人哭就有人笑，有像吳虹燕那樣被扔棄、被領養仍舊被虐殺的，也有像她一樣被好人撿到而重生。

也有像他……一樣……嗯。

闕擎闔上雙眼，調整情緒，不想自己的事了，眼下還有更重要的事要處理。

「把小樊的聯絡資料刪掉吧。」闕擎點點她的肩，世界不是靠祈禱就能運作的。

厲心棠睜眼，將手機拿出來，點開來看時小樊才剛剛傳了封訊息，雖然有點不捨，但還是不予回應的封鎖。

「他剛剛還跟我約好，在中秋節時對著月亮一起吃寶貝巧克力……那天他吃了一顆，剩下兩個，我們一人一個吧！」厲心棠其實很高興他還保有這份天眞，「只是眞的到中秋節時，只怕這種巧克力已經不是他的珍寶了。」

新生活、新環境，如果那位阿姨對他好，也不會像潘瓊雯一樣限制他零食的話，區區巧克力就不必珍惜了吧。

「這個，就留在這裡吧。」闕擎指向巧克力，「留給這兒其他的亡魂，當作祭品，反正妳剛剛都放了。」

「咦？」厲心棠瞬間明白，「還有靈體在這裡嗎？」

「吳虹燕不在了，亡靈們都會知道，戾氣消失時大家都很敏感的。」漸漸地，遊盪的魂魄都會滿佈在各個角落的。

是啊，駭人座敷童子消失，附近的遊魂也不再感到威脅！厲心棠就這樣把巧克力留在地上，與闕擎兩個人一起離開了這裡，這件事也算了結了。

厲心棠因為睡眠不足加上受傷，今天出來已經是告假了，「百鬼夜行」都有人在外面守著她，她們禁還是在下午四點，四點前得回家休息。

闕擎替她叫了計程車，還得親自送她上車。

「不准再到那邊找我。」臨走前，他出聲警告。

厲心棠有氣無力的抿著嘴，「那你不能不理我啊？」

闕擎沒回應，拍拍車子，示意司機可以駛離了，幸好今天這傢伙體虛病弱，沒空跟他盧。站在原地確定車子遠離後，他拿出根本沒交回的鑰匙，立即重返高家十樓。

看見什麼要跟她說喔？闕擎不客氣的踢開小樊的房門，直接站到衣櫃面前，這裡面陰氣森森的，難道還眞的跟她說嗎？

「血腥味這麼重，藏了什麼好玩意兒？」

他也有滿腹疑問要解決，這裡陰氣雖重，但沒有厲鬼……像吳虹燕那種瘋狂的座敷童子，總不會有兩隻吧？

打開衣櫃，早收拾得空空如也，但仔細嗅聞，可以聞到一股特殊的氣味。

他開始敲著每一個隔板，終於在最後一格靠地板處敲出了不一樣的聲音，用鑰匙撬開，衣櫃最下方還有個小小的空間，二十公分見方，並不大，不過深度挺夠的，裡面擺放了不少東西。

謹愼起見，闕擎找了屋子裡的毛巾包著手，小心翼翼的拿起放在下頭的瓶瓶罐罐，接著也發現，地板下的空間是連結的，衣櫃外的木質地板也能掀起，下方還有一個小小的塑膠盒。

他將地板下的瓶瓶罐罐都取出擺好，一共有二十幾瓶，放眼望去簡直是標本博物館。

每一個瓶子裡都放著一個器官，有眼珠、有內臟、也有手指、指甲，防腐完美，在瓶子裡像是剛切下來一般新鮮；瓶子外都貼著名字跟日期，這瓶是辰典的膽，另一瓶是胖牛的腦，喔……還有爺爺，瓶子是空的，看來是來不及留下什麼。

他就覺得奇怪，座敷童子要殺人要多凶殘都行，路上隨便製造車禍也好，有必要找間小木屋，慢慢用刀子割、用起子刺，剝皮剖腹？這也太費勁了吧？更別說房仲的割喉，厲鬼需要費五刀才能切開喉嚨嗎？他不是沒被惡鬼傷過，他們的動作沒有這麼細膩的。

再來，爺爺為什麼會到小木屋去，是否是跟蹤誰而去？是跟蹤被吳虹燕領著的胖牛，或許是跟著凶手？驚慌之餘才把鑰匙圈落在現場；而爺爺為什麼無時無刻陪著孫子？是照顧？還是擔心？或是……監視？

記得那孩子的自由時間，爺爺幾乎能跟就跟著，沒有一分一秒放過。

「啊，這是奶奶啊！」闕擎找到了某個裝著耳朵的瓶子，冷冷笑著，「真好的孩子啊！居然反過來利用座敷童了，挺強的嘛！」

闕擎眼神落在地板的那顆巧克力，眼裡滿是讚賞。

看來吳虹燕這位座敷童子非常稱職，從頭到尾的目的只有一個：護著小樊，矢志不移。

男孩舉起手，老師抬眼，「高淳樊，什麼事？」

「老師，我想上廁所。」小樊無辜的望著老師。

「去吧……下次要在下課時去喔！」老師有點無力，他講過很多次了，但高淳樊這孩子很愛在上課時間去洗手間。

「對不起。」他總用可憐的雙眼道歉，老師也不好說什麼。

新轉學來的孩子，家裡發生重大變故，其實就是之前新聞鬧得很大的夫妻投毒互殺案，這麼小的孩子遇到這種事，心理應該很受影響，他也只能盡力照顧了。

男孩步出教室一轉身，就換上滿臉的不耐煩，上課眞的很無聊啊，不利用上廁所休息一下，他會爆炸。

鑽進廁間，蓋上馬桶蓋後坐好，他喜歡使用上課時的洗手間，都沒有人，他可以好好的待著，五分鐘也好。

「你們搬了好幾次家，都是因爲鄰居或是同學的死亡，你的爸媽怕你受到影響，所以才孟母三遷，結果他們不知道，其實殺人的就是自己的孩子。」廁間外，突然有聲音響起，「最先發現的是奶奶嗎？所以對奶奶下了手，把奶奶推下樓，但因此引起爺爺的懷疑，爺爺才會對你緊盯著不放。」

坐在馬桶上的高淳樊平靜的聽著，孩童般的雙眼看上去依然澄淨，但殺意瞬間迸出。

「跟吳虹燕相遇是命中注定，你知道大家看不見她，也知道她是什麼，剛好就能利用她幫你掩蓋證據，還可以幫你盡情虐殺同學，畢竟她爲了守護你，什麼都願意做！小木屋也是她替妳找的吧，等於你的虐殺天堂。」

水龍頭開啓，來人正在洗手，「沒反應的話我繼續囉！吳虹燕也配合你，先開始幫你拐走霸凌你的同學，好讓你盡情折磨，接著就是處理監視你的爺爺，爺爺發現辰典的失蹤可能跟你有關吧？我不在乎你用什麼方法讓爺爺成爲嫌疑者，總之爺爺變成你接近厲心棠的藉口，以增加她的好感，最後再把爺爺推下樓。」

高淳樊伸出小手，啪的拉開門子，走出來時帶著一臉天眞無邪的困惑。

「咦？大哥哥？棠棠姐姐的朋友？」

闕擎才沒理他的裝傻裝天眞，繼續說道，「接下來就是父母，我猜你身上的傷是自己弄的，設計一連串虐童也只是希望擺脫父母，反正你有了座敷童子當靠山，煩人的家長也就不需要了！」

「大哥哥你在說故事嗎？」小樊瞇起眼笑著，「棠棠姐姐呢？她也有來嗎？」

闕擎高高在上的給了抹笑，直接往門口走去。

「我猜你應該看得見亡靈，而厲心棠那天在你房間感受到的不只是前一個座敷童子的死亡，也感應到所有你殺死的亡靈，藉此你發現到厲心棠的力量，她可能比吳虹燕更能保護妳，所以打算捨棄座敷童子！」他背靠著門鎖，不讓孩子有奪門而出的機會，「座敷童子多愛你，願意配合你演戲，寧願讓自己成爲那個嫉妒、恨著厲心棠的壞人，你就是希望我們會把吳虹燕除掉，讓你眞的變成孤身一人，接著就可以讓厲心棠收養了！」

「棠棠姐姐可以收養我了嗎？」小樊抓著話尾，一副喜出望外的樣子。

「哪裡露餡了呢？你太醉心於殺人研究了，鬼殺人不會找間屋子還慢慢虐殺，割喉也太蠢！還有，一般孩子眞正害怕時不管如何，第一時間尋找的都會是母親或父親，不會找一個才認識的陌生人！」闕擎再彈了指，「回想座敷童子那堅定的話語，她不停重複：全世界只有她能保護你……看看，你殺人她掩蓋，多完美！」

當然，還有一點，從座敷童子攻擊厲心棠的招式看來，她只會用她短暫人生被毆打與致死的方式，摔打蹬而已！既然被虐打大的她，只學到這些方法對付厲心棠，怎麼可能玩虐殺？

小樊的笑容有些僵，露出恐懼的神態，還退後兩步，「大哥哥你好可怕，你想做什麼……」

嗯嗯，裝可憐起手式，等等他應該會哭喊著大叫，引起外面的人注意，任何人只要看見裡頭的場景，都會覺得是他欺負這家中才遭逢劇變的孩子吧！

「沒想到你是天生反社會，不過再厲害，年紀還是太小，你人生經驗值太低了！沒搞清楚收養的過程，想不到厲心棠居然完全沒有要收養你，很不爽厚？」

闕擎微笑著，冷不防從口袋裡拿出一顆巧克力，「你送她的，敢不敢吃？」

小樊看見巧克力時嚇了一跳，「那個、是我跟棠棠姐姐約定中秋……」

「約定讓她中秋節死嗎？變成服毒自殺？不要你就不能活啊！」闕擎哎呀了聲，帶著點讚嘆，「天生變態，你倒是挺難得的人，只是你不知道的是，當你身邊真的有這麼多屍體在滾動時，早晚會被盯上的。」

小樊緊張的歛起笑，小手微抖，趕緊隨便洗了手……卻瞥見了洗手台上，那個熟悉的黃色迷你塑膠盒。

「我要回教室裡了，大哥哥。」他裝作沒看見，但剛剛身體明顯震顫了一下。

闕擎當然沒讓路，他驀地蹲下身子，好與小樊平視。

「我本來以爲你會是另一個我，想看看你是什麼等級的——」闕擎用鄙視的眼神冷笑著，「眞是浪費我時間。」

小樊收緊下顎，看著闕擎突然暴哭了起來，「哥哥……你要幹嘛！不要——救——」

演戲開始了嗎？

闕擎望進他的雙眼，正在哭喊的小樊就此梗住，沒有再說出下一個字，他瞪圓了雙眼，身體僵硬得一動也不動。

「你忘在地板下的盒子我幫你拿來了。」闕擎指向了洗手台上的小盒子，那一盒染滿血腥的「手術箱」，裡面是所有帶血的刀子與器具，「不用謝。」

直到闕擎站起身，從容步出洗手間後，高淳樊都沒有再動彈。

「啊……啊啊——哇——」

廁所裡在五秒後開始發出恐懼的慘叫聲，只是這間洗手間前後都沒有班級，一時半會兒還聽不見。

「不要！不要過來——救命！走開啊，你們別碰我——不要哇啊！哇啊啊——哇……」

尾聲

從便利商店拎了一袋東西走出來時，闕擎在階梯上頓了住，他人是看向左邊的，但不自覺得朝右方瞥了眼，感覺好像一直看見同樣的車，頻繁的出現在他周遭。

他轉身重新進入便利商店，多挑了兩罐飲料跟兩個飯糰，再走出便利商店時，是逕直往右邊走向那輛車的；在左邊的唐玄霖有點錯愕，還打直了手臂搖著，「這邊這邊，你走錯了。」

闕擎回首，指指前方，意思是去去就來。

右邊銀色車子裡的人僵硬的看著闕擎走來，完全沒有遲疑的站在駕駛座邊，敲了敲窗戶。

「呃？什麼事？」車窗只降下一點點。

「給，飲料跟點心。」闕擎把東西往窗邊遞，「不要裝了，我知道你們是誰。」

車內兩個男人交換眼色，最終將車窗降了一半，闕擎直接遞了東西進去。

「你們眞的很不遺餘力，才燒死兩個同事，又把你們送過來。」他面無表情的搖了搖頭。

前不久有棟公寓縱火案，之前被派來跟監這小子的兩個同事及時救了民眾，但再進去救人後卻沒有再走出，最終英勇殉職。

難解的是，據被救出的兩個女孩證詞，她們三個女孩與縱火犯在一樓停放機車的地方打鬥，失火後有兩名便衣拖她們出去，後來兩位警察原本是要再去拉出另一位余姓女子跟縱火犯，卻再也沒出現了。

余姓女子是外頭的路人救的，路人說女孩就在靠近門口處，但裡面火勢與煙霧太大，除了拖她出來外啥都瞧不見，導致拖出余姓女子時她全身已經高達百分之八十的燒傷了。

明明就在一樓、怎麼會二度進去後就沒再出來？同事間自然也有疑慮，但沒人敢去多想。

但彪形大漢還是深吸了一口氣，「他們是爲救民眾，才英勇犧牲的。」闕擎用冷俊的臉龐凝視著他們，驀地勾起冷笑，「你們眞的信？」

兩個男人登時語塞，他們的同僚的確是被派人跟著這個男孩的，但是剛好遇到火災發生，所以才爲了救助民眾而葬生火海啊！

「去查一下，跟著我的人，死了幾批了。」闞擎拍拍車頂，「好好享用。」

他轉身離開，前往一直線前方的唐玄霖身邊。

唐玄霖好奇望著但沒多問，接過託買的飲料，當然沒打算付錢，說了聲謝，再把茶遞給車裡的姐姐。

「喔喔，阿彬的屍體被發現了！」車裡的唐恩羽出聲，「速度很快啊，我們才過來不到半小時。」

他們不約而同望向不遠處某棟透天厝，這裡很偏僻，就算他們都聽得見不止的撞擊聲，但附近的鄰居距離遠加上年紀大，都有重聽又睡得早，很難及時發現。

「這一個可能要等到天亮了。」唐玄霖看看周遭環境，「但這個女人交友挺廣闊的，明早應該就能被發現。」

「她好像去得有點久。」闞擎比較擔心的是這個。

「當初她媽媽把她活活打死的過程也挺長的啊，總是要公平一點！」唐玄霖聳了聳肩，「等她跟養母正式告別後，我們就要把她交出去了。」

「該受什麼就受什麼吧！」闞擎突然將飲料瓶子朝向唐玄霖，「還是謝謝你們，願意把她放出來見一下養父母。」

「那有什麼，這麼大的養育之恩，總該回報！」唐恩羽趴在窗邊，唉呀，今晚涼風舒爽呢。

手機震動，闕擎走到一旁，唐玄霖驚訝的看著他拿出來的智障型折疊手機，這簡直古董了！

闕擎看著訊息，就算他不接不理，厲心棠依舊會傳訊息來，她也是一個非常有恆心的傢伙。

「章警官今天說有重要的事要跟我說，跟我約在高家那個十樓家耶，你有要去嗎？感覺好像很嚴肅的樣子，說有東西要讓我看！」

章警官與展哥一起幫他查出了在高淳樊身邊滾動的屍體們，扣掉防腐失敗的，目前標本瓶就有二十一瓶，吳虹燕這陣子的掩護是讓他練手的最佳時間，也是最殘忍的階段，一口氣就殺了七人。

那些標本、證據與案件，還有化驗出毒物的巧克力，都該讓厲心棠看看。

她是該看的，她這麼上心保護的孩子、座敷童子誓死守護並掩蓋罪行的孩子，才是最可怕的人。

她必須學習，不是憑著良善的心去做任何事就是對的，「百鬼夜行」裡的妖魔鬼怪這麼多，養大她時怎麼沒多教一些呢？

「喂！她回來了！」唐玄霖在身後喊著，看來吳虹燕已經收回了。

們。

「就來。」闕擎蓋上手機，依舊沒有回應，快步走回車內。

車子很快的離開，開車的唐恩羽也留意到剛剛那台銀色的車，始終跟著他們。

「你朋友嗎？」

「嗯，甩不掉的，但不會怎樣，請無視吧。」後座的闕擎說得雲淡風輕。

「欸，剛剛吳虹燕說，她好像聽見了那個弟弟的求救哩！」唐玄霖是對著姐姐說，「有夠執著的，那個弟弟死了都還聽得見！」

「反正她也做不了什麼了……」唐恩羽聳了聳肩，從照後鏡瞄向闕擎，「喂，你們之前保護的那個小男孩，聽說居然自殘而死嗎？」

「好像吧！」闕擎淡淡的回應著，「是我朋友想保護他，我沒在管他的事，不太清楚。」

這四兩撥千金，前座姐弟倆聽得懂，誰都沒問，唐玄霖主動打開了音樂。

闕擎看向窗外，今晚的天空真清朗啊。

後記

座敷童子，以前看漫畫時，都是很可愛的孩子形象，愛跟人類小孩一起玩，因爲只有小孩子看得見座敷童子！

這就又應和了許多孩子會突然指著空氣問父母說：我可以跟他玩嗎？或是小孩對無人的角落揮手說掰掰的發毛現象。

這次寫座敷童子前，特地去查了資料，欸……發現起源好像不是什麼開朗燦爛守護神的故事啊！根本是貧窮時代家裡人口過剩又不懂得避孕，生下來就放到石臼下活活壓死，再將之掩埋，那萬一日子久了或是屍骨露出，就對外說是守護童子之類，掩蓋殺童的罪惡眞相。

這個起源眞是令人大受打擊，原來又是可憐的孩子。

提到可憐的孩子，就不得不提今年赫赫有名的「南韓鄭仁案」，這部分的資料只要去GOOGLE都非常豐富。

一個被領養的女嬰，死亡時只有十六個月大，被領養後進入地獄兩百七十餘天，死狀甚慘，這案件在韓國甚囂塵上。

除了瘀青跟瘦骨嶙峋外，最令人印象深刻的是死因，腹腔多個臟器破裂外，最特別的是「胰腺破裂」，由於法醫跟各方醫生表明腺體要破裂不是那麼容易的事，需要3800N（注）的力量，就算非常使勁也達不到，他們做了各種測試，最後得到了一個結論：如果受害者是孩子，且被固定住的，然後加害者是成年女性，從沙發上跳下，才有可能達到3800N。

搭配女嬰死亡當日，樓下住戶有聽見樓上像是腳在踱地板的重跳聲，所以推測可能是養母將女嬰放在地上，自己踩上沙發後，對著女嬰的腹部跳蹬下去，如此反覆，才會有鄰居聽見的咚咚聲，以及胰腺破裂的可能。

現在群情激憤，但養母還是不承認有踩女嬰，官司還在進行中。

所以這次座敷童子我就想到了這個案例，手法跟痛楚也算是空前了，唉。

而瞭解座敷童子的起源後，我就很好奇，被殺掉的孩子，究竟爲什麼會想成爲「守護者」呢？

注：N即牛頓（Newton），是一種物理因次，是力的公制單位，1牛頓等於要使質量1千克物體的加速度為1 m/s^2時，所需的力。

而如果真的有這樣的守護者，家暴的父母又怎麼會得逞呢？

於是，屬於我的座敷童子就是這樣誕生。

這是百鬼夜行中第五隻鬼的故事，這一本比較特別的是加入了新角色，由於闞擎跟厲心棠都不是真的具有淨靈或驅魔的能力者，所以其實很早我就有打算安排「專業人士」不定期出馬收拾一下。

而如果有看「詭軼紀事」的人，對於故事末尾出現的姐弟就不會陌生，甚至會有點驚喜吧，因爲「詭軼紀事系列」類似他們的前傳，在成爲淨靈者之前發生的事情，兩個都是勤勤懇懇又普通（？）的學生而已呢！

時間已經到了二〇二一年的八月，我打完第一劑疫苗了，而且仍舊不能出國，唉，開放之日到底在何時呢？

大家一起加油，注意防護與安全喔！

最後感謝購買本書的您，購書才是對作者最實質且直接的支持，沒有您們的購書，作者便無法繼續書寫，萬分感謝、銘感五內！謝謝！

笭菁

境外之城 118

百鬼夜行卷5：座敷童子

作　　者／笭菁
企畫選書人／張世國
責 任 編 輯／張世國
發　行　人／何飛鵬
總　編　輯／王雪莉
業 務 經 理／李振東
行 銷 企 劃／陳姿億
資深版權專員／許儀盈
版權行政暨數位業務專員／陳玉鈴
法 律 顧 問／元禾法律事務所　王子文律師
出版／奇幻基地出版
城邦文化事業股份有限公司
台北市 104 民生東路二段 141 號 8 樓
電話：(02)25007008　　傳真：(02)25027676
網址：www.ffoundation.com.tw
e-mail：ffoundation@cite.com.tw
發行／英屬蓋曼群島商家庭傳媒股份有限公司城邦分公司
台北市 104 民生東路二段 141 號11 樓
書虫客服服務專線：(02)25007718・(02)25007719
24 小時傳眞服務：(02)25170999・(02)25001991
服務時間：週一至週五09:30-12:00・13:30-17:00
郵撥帳號：19863813　　戶名：書虫股份有限公司
讀者服務信箱 E-mail：service@readingclub.com.tw
歡迎光臨城邦讀書花園 網址：www.cite.com.tw
香港發行所／城邦（香港）出版集團有限公司
香港灣仔駱克道 193 號東超商業中心 1 樓
電話：(852) 2508-6231 傳眞：(852) 2578-9337
馬新發行所／城邦（馬新）出版集團
【Cite(M)Sdn. Bhd.(458372U)】
11, Jalan 30D/146, Desa Tasik,
Sungai Besi, 57000 Kuala Lumpur, Malaysia.
電話：(603) 90578822　　傳眞：(603) 90576622

封面書衣插畫／Blaze Wu
封面版型設計／Snow Vega
排　　版／極翔企業有限公司
印　　刷／高典印刷有限公司
■2021 年（民 110）9 月 2 日初版一刷
■2024 年（民 113）2 月 7 日初版4.5刷

售價／330元

國家圖書館出版品預行編目資料

百鬼夜行卷 5：座敷童子／笭菁著 .-- 初版 .-- 台北市：奇幻基地出版；家庭傳媒城邦分公司發行；2021.9（民 110.9）
面：　公分 .--（境外之城：118）
ISBN　978-626-95019-3-9（平裝）

863.57　　　110013527

ISBN　978-626-95019-3-9
Printed in Taiwan.

※ 本故事內容純屬虛構，如有雷同，純屬巧合。

廣　告　回　函	
北區郵政管理登記證	
台北廣字第000791號	
郵資已付，免貼郵票	

104台北市民生東路二段141號11樓

英屬蓋曼群島商家庭傳媒股份有限公司城邦分公司 收

請沿虛線對摺，謝謝

奇幻基地

每個人都有一本奇幻文學的啟蒙書

奇幻基地官網：http://www.ffoundation.com.tw
奇幻基地粉絲團：http://www.facebook.com/ffoundation

書號：1HO118　　書名：百鬼夜行卷5：座敷童子

奇幻基地 20 週年 · 幻魂不滅，淬鍊傳奇

集點好禮瘋狂送，開書即有獎！購書禮金、6 個月免費新書大放送！

活動期間，購買奇幻基地作品，剪下回函卡右下角點數，
集滿兩點以上，寄回本公司即可兌換獎品&參加抽獎！
參加辦法與集點兌換說明：
活動時間：2021 年 3 月起至 2021 年 12 月 1 日（以郵戳為憑）
抽獎日：2021 年 5 月 31 日、2021 年 12 月 31 日，共抽兩次
奇幻基地 2021 年 3 月至 2021 年 12 月出版之新書，每本書回函卡右下角都有一點活動點數，剪下新書點數集滿兩點，黏貼並寄回活動回函，即可參加抽獎！單張回函集滿五點，還可以另外免費兌換「奇幻龍」書檔乙個！

【集點處】（點數與回函卡皆影印無效）

1	2	3	4	5
6	7	8	9	10

活動獎項說明：

★ **「基地締造者獎 · 給未來的讀者」抽獎禮**：中獎後 6 個月每月提供免費當月新書一本。（共 6 個名額，兩次抽獎日各抽 3 名）

★ **「無垠書城 · 戰隊嚴選」抽獎禮**：中獎後獲得戰隊嚴選覆面書一本，隨書附贈編輯手寫信一份。（共 10 個名額，兩次抽獎日各抽 5 名）

★ **「燦軍之魂 · 資深山迷獎」抽獎禮**：布蘭登 · 山德森「無垠祕典限量精裝布紋燙金筆記本」。
抽獎資格：集滿兩點，並挑戰「山迷究極問答」活動，全對者即有抽獎資格（共 10 個名額，兩次抽獎日各抽 5 名），若有公開或抄襲答案者視同放棄抽獎資格，活動詳情請見奇幻基地 FB 及 IG 公告！

特別說明：

1. 請以正楷書寫回函卡資料，若字跡潦草無法辨識，視同棄權。
2. 活動贈品限寄台澎金馬。

當您同意報名本活動時，您同意【奇幻基地】（城邦文化事業股份有限公司）及城邦媒體出版集團（包括英屬蓋曼群島商家庭傳媒股份有限公司城邦分公司、書虫股份有限公司、墨刻出版股份有限公司、城邦原創股份有限公司），於營運期間及地區內，為提供訂購、行銷、客戶管理或其他合於營業登記項目或章程所定業務需要之目的，以電郵、傳真、電話、簡訊或其他通知公告方式利用您所提供之資料（資料類別 C001、C011 等各項類別相關資料）。利用對象亦可能包括相關服務的協力機構。如您有依個資法第三條或其他需要協助之處，得致電本公司（(02) 2500-7718）。

個人資料：

姓名：______________________ 性別：□男 □女

地址：____________________________________ Email：_____________________

想對奇幻基地說的話或是建議：____

____

奇幻基地 20 週年慶 · 城邦讀書花園 2021/12/31 前樂享獨家獻禮！
立即掃描 QRCODE 可享 50 元購書金、250 元折價券、6 折購書優惠！
注意事項與活動詳情請見：https://www.cite.com.tw/z/L2U48/

FB 粉絲團　　戰隊 IG 日常　　讀書花園

請剪下右側點數，貼於集點處，集滿兩點即可參加抽獎

1P 2021